崇文国学经典

世说新语

郭辉 译注

微信/抖音扫码查看
☑ 国学大讲堂
☑ 经典名句摘抄
☑ 国学精粹解读

图书在版编目（CIP）数据

世说新语 / 郭辉译注. -- 武汉：崇文书局，2023.4
（崇文国学经典）
ISBN 978-7-5403-7147-0

Ⅰ.①世… Ⅱ.①郭… Ⅲ.①《世说新语》—译文②《世说新语》—注释 Ⅳ.①I242.1

中国国家版本馆 CIP 数据核字（2023）第 041590 号

出 品 人	韩　敏
丛书统筹	李慧娟
责任编辑	李慧娟
责任校对	董　颖
装帧设计	甘淑媛
责任印制	李佳超

世说新语
SHISHUOXINYU

出版发行	长江出版传媒　崇文书局
地　　址	武汉市雄楚大街 268 号 C 座 11 层
电　　话	(027)87677133　邮政编码　430070
印　　刷	湖北新华印务有限公司
开　　本	880 mm×1230 mm　1/32
印　　张	6.625
字　　数	160 千
版　　次	2023 年 4 月第 1 版
印　　次	2023 年 4 月第 1 次印刷
定　　价	36.00 元

（如发现印装质量问题，影响阅读，由本社负责调换）

本作品之出版权（含电子版权）、发行权、改编权、翻译权等著作权以及本作品装帧设计的著作权均受我国著作权法及有关国际版权公约保护。任何非经我社许可的仿制、改编、转载、印刷、销售、传播之行为，我社将追究其法律责任。

崇 文 国 学 经 典

总　序

现代意义的"国学"概念,是在19世纪西学东渐的背景下,为了保存和弘扬中国优秀传统文化而提出来的。1935年,王缁尘在世界书局出版了《国学讲话》一书,第3页有这样一段说明:"庚子义和团一役以后,西洋势力益膨胀于中国,士人之研究西学者日益众,翻译西书者亦日益多,而哲学、伦理、政治诸说,皆异于旧有之学术。于是概称此种书籍曰'新学',而称固有之学术曰'旧学'矣。另一方面,不屑以旧学之名称我固有之学术,于是有发行杂志,名之曰《国粹学报》,以与西来之学术相抗。'国粹'之名随之而起。继则有识之士,以为中国固有之学术,未必尽为精粹也,于是将'保存国粹'之称,改为'整理国故',研究此项学术者称为'国故学'⋯⋯"从"旧学"到"国故学",再到"国学",名称的改变意味着褒贬的不同,反映出身处内忧外患之中的近代诸多有识之士对中国优秀传统文化失落的忧思和希望民族振兴的宏大志愿。

　　从学术的角度看,国学的文献载体是经、史、子、集。崇文书局的这一套国学经典,就是从传统的经、史、子、集中精选出来的。属于经部的,如《诗经》《论语》《孟子》《周易》《大学》《中庸》《左传》;属于史部的,如《史记》《三国志》《资治通鉴》《徐霞客游记》;属于子部的,如《道德经》《庄子》《孙子兵法》《山海经》《黄帝内经》《世说新语》《茶经》《容斋随笔》;属于集部的,如《楚辞》《古诗十九首》《乐府诗选》《古文观止》。这套书内容丰富,而分量适中。一个希望对中国优秀传统文化有所了解的人,读了这些书,一般说来,犯常识性错误的可能性就很小了。

崇文书局之所以出版这套国学经典,不只是为了普及国学常识,更重要的目的是,希望有助于国民素质的提高。在国学教育中,有一种倾向需要警惕,即把中国优秀的传统文化"博物馆化"。"博物馆化"是20世纪中叶美国学者列文森在《儒教中国及其现代命运》中提出的一个术语。列文森认为,中国传统文化在很多方面已经被博物馆化了。虽然中国传统的经典依然有人阅读,但这已不属于他们了。"不属于他们"的意思是说,这些东西没有生命力,在社会上没有起到提升我们生活品格的作用。很多人阅读古代经典,就像参观埃及文物一样。考古发掘出来的珍贵文物,和我们的生命没有多大的关系,和我们的生活没有多大关系,这就叫作博物馆化。"博物馆化"的国学经典是没有现实生命力的。要让国学经典恢复生命力,有效的方法是使之成为生活的一部分。崇文书局之所以坚持经典普及的出版思路,深意在此,期待读者在阅读这些经典时,努力用经典来指导自己的内外生活,努力做一个有高尚的人格境界的人。

国学经典的普及,既是当下国民教育的需要,也是中华民族健康发展的需要。章太炎曾指出,了解本民族文化的过程就是一个接受爱国主义教育的过程:"仆以为民族主义如稼穑然,要以史籍所载人物制度、地理风俗之类为之灌溉,则蔚然以兴矣。不然,徒知主义之可贵,而不知民族之可爱,吾恐其渐就萎黄也。"(《答铁铮》)优秀的传统文化中,那些与维护民族的生存、发展和社会进步密切相关的思想、感情,构成了一个民族的核心价值观。我们经常表彰"中国的脊梁",一个毋庸置疑的事实是,近代以前,"中国的脊梁"都是在传统的国学经典的熏陶下成长起来的。所以,读崇文书局的这一套国学经典普及读本,虽然不必正襟危坐,也不必总是花大块的时间,更不必像备考那样一字一句锱铢必较,但保持一种敬重的心态是完全必要的。

期待读者诸君喜欢这套书,期待读者诸君与这套书成为形影相随的朋友。

陈文新

(教育部长江学者特聘教授,武汉大学杰出教授)

崇 文 国 学 经 典

前　言

《世说新语》,简称《世说》,南朝宋刘义庆(403—444)著,是中国古代著名的笔记小说集。

这本书主要记载汉末、三国至两晋时期士族阶层的言行风貌和轶事琐语,不仅保留了大量反映当时社会生活的珍贵史料,而且语言简练,文字生动鲜活,又是一部文学价值极高的古典名著。自问世以来,受到历代文士阶层的喜爱和重视,至今仍在海内外广为流传。

刘义庆是宋武帝刘裕之弟长沙王刘道怜的次子,十三岁时被封为南郡公。因叔父临川王刘道规没有儿子,过继给刘道规,因此袭封为临川王。刘义庆自幼聪敏过人,受到伯父刘裕的赏识,刘裕曾夸奖他说:"此我家之丰城也!"

他年轻时曾任东晋辅国将军、北青州刺史、都督豫州诸军事、豫州刺史等职。刘宋建立后,以临川王身份历任侍中、中书令、荆州刺史等显要职务。当时"荆州居上流之重,地广兵强,资实兵甲,居朝廷之半"(《宋书》卷五十一),刘义庆被认为是宗室中最优秀的人才,所以朝廷才委派他承担如此显要之职。

据记载,刘义庆为人"性简素,寡嗜欲""受任历藩,无浮淫之过,唯晚节奉养沙门,颇致费损"(《宋书》卷五十一)。他喜爱文艺,常与文学之士交游,周围聚集着一大批名儒硕学。他自己也撰写了大量作品,除《世说新语》之外,还著有《徐州先贤传》十卷、《集林》二百卷;还曾仿班固《典引》作《典叙》,记述皇代之美。

全书分"德行""言语""政事""文学"等三十六门。每门多的二百余则,少的寥寥不足十则,但可以简要地划分为两大类,一类是人物的品评,一类是玄远的清谈。书中用大量的篇幅记载了魏晋时期名士的玄妙言谈和奇特行事,对于王、谢、顾、郗等士族名流的言谈行事记叙尤多,如"雅量""识鉴""赏誉""品藻""容止"等门,从不同角度反映了当时社会对人物优劣高下的看法和标准。

"记言则玄远冷隽,记行则高简瑰奇",这是鲁迅先生在《中国小说史略》中对《世说新语》的艺术特色的评价。《世说新语》基本上是客观地描绘人物、事件,作者把握住历史素材,将当时的社会风貌,以较为简洁的勾勒笔法,做了最真实的呈现。

《世说新语》记载的人物有上百个,但作者常用简单几个字,精确地描绘出主角的语言、动作,将主角的性格清楚地呈现在读者的面前。如"魏武将见匈奴使",反映出曹操猜忌的本性,为人谲诈和"宁可我负天下,决不令天下人负我"的性格;又如"王蓝田性急"的描写,将他急躁的个性活生生地呈现出来。

《世说新语》受到魏晋流行的老庄哲学的影响,虽然用语短小,仍善于以对比的手法来突出人物的性格。不少内容所记情节具有戏剧性,曲折风趣,篇幅都很短,但读起来有如今日的微型小说,故事有首有尾,也有高潮迭起的情节。

这个选本意在让读者对《世说新语》一书有一大致的了解,三十六门每门都有选收,又有所侧重,能反映当时典型的人物风习以及对后世文化影响较大的内容选收较多,同时也注重故事的文学性、趣味性。注释和翻译过程中,吸收了前辈学者的研究成果,如余嘉锡先生《世说新语笺疏》等,恕不一一说明出处。

德行第一 …………………………………… 1
言语第二 …………………………………… 14
政事第三 …………………………………… 36
文学第四 …………………………………… 45
方正第五 …………………………………… 58
雅量第六 …………………………………… 68
识鉴第七 …………………………………… 79
赏誉第八 …………………………………… 86
品藻第九 …………………………………… 99
规箴第十 …………………………………… 104
捷悟第十一 ………………………………… 109
夙惠第十二 ………………………………… 112
豪爽第十三 ………………………………… 115
容止第十四 ………………………………… 117
自新第十五 ………………………………… 121
企羡第十六 ………………………………… 124
伤逝第十七 ………………………………… 126
栖逸第十八 ………………………………… 128

贤媛第十九 ················· 133

术解第二十 ················· 139

巧艺第二十一 ··············· 141

宠礼第二十二 ··············· 144

任诞第二十三 ··············· 146

简傲第二十四 ··············· 157

排调第二十五 ··············· 162

轻诋第二十六 ··············· 170

假谲第二十七 ··············· 175

黜免第二十八 ··············· 178

俭啬第二十九 ··············· 180

汰侈第三十 ················· 182

忿狷第三十一 ··············· 185

谗险第三十二 ··············· 188

尤悔第三十三 ··············· 190

纰漏第三十四 ··············· 194

惑溺第三十五 ··············· 196

仇隙第三十六 ··············· 198

德行第一

《德行》是《世说新语》第一门,共 47 则。德行指道德品行,语出《周易》:"君子以制数度,议德行。"道德品行历来是人物品评的重要准则之一。本门主要记述了汉末及魏晋士族阶层推崇的各种言行举止和事迹,以及当时名士对具备良好德行的人物的高度评价。本门所赞扬的德行有恪守孝道、孝老敬老,有不问出身、识人善任,有勤俭节约、勤于政事,有品德高尚、处事公正等等,从中可以看出汉末魏晋时代特有的道德观念。当然也有一些与德行没有太多联系的条目,如"王子敬病笃"一则;另"王平子、胡毋彦国"一则中,可以看出编者对放荡不羁的行为是持否定态度的。本书节选了其中 13 则。

【原文】

陈仲举言为士则①,行为世范,登车揽辔②,有澄清天下之志③。为豫章太守④,至,便问徐孺子⑤所在,欲先看之。主簿白:"群情欲府君先入廨⑥。"陈曰:"武王式商容之闾⑦,席不暇暖⑧。吾之礼贤,有何不可!"

【注释】

①陈仲举:即陈蕃,字仲举,东汉汝南平舆(今河南平舆)人,曾任郎

中、乐安太守、豫章太守、太尉等职;因多次谏诤时事,屡遭罢免。汉灵帝即位后,为太傅、录尚书事,封高阳乡侯。公元168年,与大将军窦武共同谋划剪除宦官,事败而死。士:指读书人。则:准则,法则。

②登车揽辔(pèi):登上车子,拿起缰绳。此指走马上任。辔,驾驭牲口用的嚼子和缰绳。

③澄清天下:指平定祸乱,恢复秩序,使天下重归太平。

④豫章:即豫章郡,治所在今江西南昌。

⑤徐孺子:徐稺(zhì),字孺子,豫章南昌(今江西南昌)人。东汉时期名士,世称"南州高士"。曾屡次被朝廷及地方征召,终未出仕。

⑥主簿:主管文书、办理事务的官员,魏晋时为将帅重臣的主要僚属,参与机要,总领府事。白:禀报。府君:汉魏时对太守的称呼,因太守办公的地方称府,故称太守为府君。廨(xiè):官署,旧时官吏办公处所的通称。

⑦武王:指周武王姬发。式:通"轼",古时车厢前用作扶手的横木;这里用作动词,指乘车时俯下身子,以手扶轼,是古人表示敬意的方式。商容:商纣时期的主管礼乐的大臣,著名的贤者,因多次劝谏而被纣王废黜,一说因意图用礼乐教化纣王失败,逃入太行山隐居;周武王打败殷商之后,欲封其为三公,推辞不受。闾(lǘ):里巷的门,这里指商容住的地方。

⑧席不暇暖:连座席还没来得及坐热就起来了,形容事务繁忙,连多坐一会儿的时间都没有。席,座席,是古人的坐具。暇,空闲。

【译文】

陈仲举的言论可以做读书人的准则,行为可以做世人的典范。他初次为官走马上任时,就怀抱着使天下太平安宁的远大志向。后来,他出任豫章太守时,一到地方,就打听当地名士徐孺子的住处,想先去拜访他。主簿禀报说:"大家的意思,是希望府君您先到官署。"陈仲举回答说:"周武王刚攻下朝歌后,连座席都来不及坐暖,就到商容住过的里巷去寻访他。我尊敬贤人,先拜访贤人,又有什么不可以呢!"

【原文】

　　郭林宗①至汝南,造袁奉高②,车不停轨,鸾不辍轭③。诣黄叔度④,乃弥日信宿⑤。人问其故,林宗曰:"叔度汪汪如万顷之陂⑥,澄之不清,扰之不浊,其器⑦深广,难测量也。"

【注释】

　　①郭林宗:郭泰,字林宗,太原介休(今属山西)人,东汉时期名士,被誉为"介休三贤"之一。出身寒微,善于品评人物,博学有德,为时人所重。多次拒绝朝廷的征召,为避党祸,闭门教授,弟子达千人。后因陈蕃被害一事,哀恸而逝。
　　②造:到,去,造访。袁奉高:袁阆(làng),字奉高,汉末汝南慎阳(今河南正阳)人,名望极高;曾任汝南郡功曹、太尉属官等职。
　　③车不停轨,鸾不辍轭:两句意思相同,均指不停下车子,形容下车时间很短暂。轨:车轴的两头,这里指车轮。鸾:装饰在车上的铃铛。辍(chuò):中止,停止。轭(è):套在牛马等牲口脖子上的器具。按:鸾铃被悬挂在轭上,拉车的牛马等走动时,鸾铃会发出响声;文中鸾铃不停地响,说明车子并没有停下来,车上的人停留的时间非常短。
　　④诣:到,旧时特指到尊长那里去。黄叔度:即黄宪,字叔度,出身贫贱,德行高超,时人将他比为颜回。
　　⑤弥日:终日,整天。信宿:连宿两夜,也表示两夜。
　　⑥陂(bēi):池塘,湖泊。
　　⑦器:气度,气量。

【译文】

　　郭林宗到了汝南郡,去拜访袁奉高,见面不一会儿就走了。去拜访黄叔度时,却在那里停留了两晚。别人问他为什么这样,他说:"叔度就如同万顷的湖泊一样广阔幽深,不能被澄清,也不能被搅浑,他的气量深邃宽广,实在是难以测量啊!"

【原文】

李元礼风格秀整①,高自标持②,欲以天下名教③是非为己任。后进之士,有升其堂者④,皆以为登龙门⑤。

【注释】

①李元礼:李膺,字元礼,东汉颍川襄城(今属河南襄城)人,赵国相李益之子。为人忠诚无私,刚正不阿。历任青州刺史、蜀郡太守、度辽将军、河南尹、司隶校尉等职。后遭遇党锢之祸,被杀。风格秀整:风度出众,品行端正。
②高自标持:自我标榜很高,自视甚高。
③名教:指以儒家所主张的名分与伦常道德为准则的礼教。
④升其堂:登上他的厅堂,指有机会得到他的指点、教诲。
⑤登龙门:比喻得到有名望、有权势者的推荐、提拔而身价大增。

【译文】

李元礼风度出众,品行端正,也自视甚高。他把在全国推行儒家礼教、辨明是非看成是自己的责任。后辈读书人中,有谁能有机会得到他的教诲的,都认为自己登上了龙门。

【原文】

客有问陈季方:"足下家君太丘①,有何功德而荷天下重名②?"季方曰:"吾家君譬如桂树生泰山之阿,上有万仞之高③,下有不测之深;上为甘露所沾,下为渊泉所润。当斯之时,桂树焉知泰山之高,渊泉之深,不知有功德与无也!"

【注释】

①陈季方:陈谌(chén),字季方,陈寔少子,才识博达,与兄长陈纪皆以才德见称于世。足下:对平辈或朋友间的敬称。家君:原本用于对他人称呼自己的父亲,这里加上"足下",则是用来尊称对方的父亲。太丘:即陈寔(shí),字仲弓,曾任太丘长,时人称"陈太丘"。

②荷(hè):担负,承受。重名:很高的名望。

③阿(ē):山的曲折处。仞(rèn):古代计量单位,一仞等于七尺或八尺。

【译文】

有人问陈季方:"您的父亲陈太丘,有哪些功勋和美德,而能在天下享有崇高的声望呢?"季方说:"我父亲好比是一棵生长在泰山拐角处的桂树,上面有万丈的险峰,下面有深不可测的深渊;上面受到雨露的浇灌,下面受到深泉水的滋润。在这种情况下,桂树怎么知道泰山有多高,深泉有多深呢!我也不知道家父有没有功德啊!"

【原文】

荀巨伯远看友人疾,值胡贼攻郡①,友人语巨伯曰:"吾今死矣,子可去!"巨伯曰:"远来相视,子令吾去,败义以求生,岂荀巨伯所行邪?"②贼既至,谓巨伯曰:"大军至,一郡尽空,汝何男子,而敢独止?"巨伯曰:"友人有疾,不忍委之,宁以我身代友人命。"③贼相谓曰:"我辈无义之人,而入有义之国!"遂班军而还,一郡并获全④。

【注释】

①荀巨伯:东汉人,生平不详,因重视友谊而闻名。值:适逢,恰好遇到。胡贼:指北方异族进入中原的流寇。古时我国西、北部一带少数民族统称为"胡"。

②子:对对方的尊称。败义:损害道义。

③委:丢下,抛弃。宁:情愿。

④班军:班师,把出征的部队调回去。并:全部。

【译文】

荀巨伯远道去探望朋友的病情,正好碰上外族强盗来攻打郡城,朋友对荀巨伯说:"我这次是死定了,您还是快走吧!"荀巨伯回答说:"我远道来看望您,您却让我离开这里;损害道义来苟且偷生,我荀巨伯岂能做出这样的事!"强盗进了城,对荀巨伯说:"我们的大军一到,全城的人都跑光了,你是什么人,竟然敢一个人留下来?"荀巨伯回答说:"我的朋友生病了,我不忍心把他一个人丢弃在这里,我愿意用我的生命来换回他的生命。"强盗听了后,互相议论说:"我们这些不讲道义的人,却侵犯了有道义的国家!"于是就把军队撤回,全郡上下也因此得以保全。

【原文】

管宁、华歆共园中锄菜①,见地有片金,管挥锄与瓦石不异,华捉而掷去之②。又尝同席读书,有乘轩冕过门者,宁读如故,歆废书出看③。宁割席分坐,曰:"子非吾友也。"

【注释】

①管宁:字幼安,北海朱虚(今山东安丘东南)人,三国时魏国人。淡泊名利,一生不曾出仕,避乱辽东三十余年,晚年回到中原;早期同邴

原、华歆一起在外求学,三人很友好,时人称他们三人为一龙,说华歆是龙头,管宁是龙腹,邴原是龙尾。华歆:字子鱼,平原高唐(今山东高唐)人,曾任豫章太守、尚书令、司徒等职。

②捉:拿起,拾起。掷:扔掉,抛去。

③席:座席。轩冕:原指古时大夫以上官员的车乘和冕服,后引申为借指官位爵禄,或显贵者,泛指为官;这里"轩冕"为偏义复词,只有"轩"意,指车。废:放下。

【译文】

管宁和华歆曾经一起在菜园里刨地种菜,看见地上有一小片金子,管宁毫不在意,挥动锄头锄去,像锄掉瓦块石头一样;华歆却把金子捡起来看了看,又扔了出去。还有一次,两人同坐在一张座席上读书,有达官贵人乘车从门前经过,管宁不为所动,仍旧读书;华歆却放下书本跑出去看。管宁就割开座席,分开座位,对华歆说道:"你不是我的朋友。"

【原文】

　　王平子①、胡毋彦国②诸人,皆以任放为达③,或有裸体者。乐广④笑曰:"名教中自有乐地,何为乃尔也⑤!"

【注释】

①王平子:王澄,字平子,晋琅邪临沂(今山东临沂)人,太尉王衍之弟,司徒工戎堂弟,人将军王敦族弟。有盛名,男力过人,好清谈,为人举止放诞,不拘礼俗;曾任荆州刺史,永嘉之乱后南渡任琅邪王司马睿的军谘祭酒,途经豫章时被王敦所杀。

②胡毋彦国:姓胡毋,名辅之,字彦国,泰山奉高(今山东泰安)人,东汉执金吾胡毋班玄孙,河南令胡毋原之子。西晋时名士。有知人之鉴,不拘礼法,嗜酒成性;曾任建武将军、乐安太守、湘州刺史等职。

③任放:放纵任性,指行为放纵,不拘礼法。达:旷达。按:据刘孝标注所引的王隐《晋书》说,这些人"去巾帻,脱衣服,露丑恶,同禽兽。甚者名之为通,次者名之为达也"。

④乐广:字彦辅,晋南阳淯阳(今河南南阳)人,西晋时期名士。出身寒门,早年即有重名,善于清谈、书法,有文集二卷。曾任侍中、河南尹、尚书仆射等职,后代王戎为尚书令,被后人称为"乐令"。303年,成都王司马颖与长沙王司马乂互攻,乐广因是司马颖岳丈而被司马乂怀疑,次年正月因忧虑而离世。

⑤名教:指儒家礼教。乃尔:竟然如此。

【译文】

王平子、胡毋彦国这些人,都把放纵不羁、不拘礼法当作旷达,有时还有人赤身裸体。乐广笑他们说:"名教中自有令人快乐的境地,为什么竟要如此呢!"

【原文】

顾荣①在洛阳,尝应人请,觉行炙人有欲炙之色②,因辍己施焉③。同坐嗤之,荣曰:"岂有终日执之,而不知其味者乎?"后遭乱渡江,每经危急,常有一人左右己,问其所以,乃受炙人也。

【注释】

①顾荣:字彦先,晋吴郡吴县(今江苏苏州)人,东吴丞相顾雍之孙。吴国灭亡后,与陆机、陆云同入洛,号为"洛阳三俊"。历任郎中、廷尉正、军谘祭酒等职,后为司马睿安东军司,加散骑常侍。312年卒于官,死后追赠侍中、骠骑将军,谥号元,后又追封公爵。

②尝:曾经。行炙人:做烤肉的人或端着烤肉的仆人。炙:烤肉。

③因:于是。辍(chuò)己:自己放下不吃,让出;辍,停止,放下。施:给。

【译文】

顾荣在洛阳的时候,曾经有次应邀赴宴时,发现做烤肉的下人脸上露出非常想吃烤肉的神情,于是就把自己那一份烤肉让给了他。同座的人都笑话顾荣,顾荣说:"哪有成天端着烤肉,却不知肉味这种道理呢?"后来顾荣遇上战乱,就过江避难,每逢遇到危急情况,常常有一个人在身边保护自己,顾荣便问他为什么这样,原来他就是当年得到烤肉的那个人。

【原文】

阮光禄在剡①,曾有好车,借者无不皆给。有人葬母,意欲借而不敢言。阮后闻之,叹曰:"吾有车而使人不敢借,何以车为?"遂焚之。

【注释】

①阮光禄:即阮裕,字思旷,晋陈留尉氏(今河南开封)人。阮籍族弟。初任王敦的主簿,因王敦有不臣之心,以酒废职,出为溧阳令,复以公事免官。咸和初,任临海太守、东阳太守、侍中等职,后隐居会稽剡县。后出任散骑常侍,领国子祭酒,又升任金紫光禄大夫。卒年62岁。剡:即剡县,古属会稽郡(今浙江嵊州)。

【译文】

光禄大夫阮裕在剡县的时候,曾经有过一辆很好的车,不管谁向他借车,没有不借的。有个人要安葬母亲,想向阮裕借车,可是又不敢开口。阮裕后来听说了这件事,叹息道:"我有车,可是别人不敢向我借,那我还要车子做什么呢!"于是就把车子烧了。

【原文】

　　　　谢公夫人教儿①,问太傅:"那得初不见君教儿②?"
　　答曰:"我常自教儿③。"

【注释】

　　①谢公:即谢安,字安石,陈郡阳爱(今河南太康)人。东晋时期政治家、名士。作为淝水之战中东晋一方总指挥,以少胜多,战胜前秦军队。太元十年(385)病逝。死后追赠太傅。谢公夫人:刘氏,沛国刘耽之女,丹阳尹刘惔之妹。
　　②那得:怎得,怎会,怎能。初不见:全不见,从未见。
　　③常:经常。自:自身言行。

【译文】

　　谢安的夫人教导儿子时,问太傅谢安:"怎么从来没有见您教导过儿子?"谢安回答说:"我经常以自身言行教导儿子。"

【原文】

　　　　晋简文①为抚军时②,所坐床上尘不听拂③,见鼠行迹,视以为佳。有参军见鼠白日行,以手板批杀之,抚军意色不说④。门下起弹⑤,教曰:"鼠被害,尚不能忘怀,今复以鼠损人,无乃不可乎⑥?"

【注释】

　　①晋简文:即晋简文帝司马昱(yù),字道万,河内温县(今河南温县)人。东晋第八位皇帝,晋元帝司马睿幼子。先封琅邪王,后徙封会稽王,曾任散骑常侍、右将军、抚军将军等职。穆帝时,升任抚军大将军、录尚书六条事,与何充共同辅政,后升任司徒。废帝司马奕即位后,再次徙

封琅邪王，又进位丞相、录尚书事。372年初，桓温废司马奕后，立其为帝，在位8个月后忧愤而崩，谥号简文皇帝，庙号太宗。

②抚军：即抚军将军，官职名，魏、晋、南北朝时，中军、镇军、抚军三将军，地位仅次于骠骑将军、车骑将军、卫将军；唐始不置。

③床：坐具，坐床。听：听凭，任凭。

④参军：官职名，军府或相府的幕僚，助理政事。手板：即笏（hù），下属谒见上司时所拿的狭长板子，上面可以记事；魏晋以来习惯执手板。批杀：打死。说：通"悦"，高兴。

⑤门下：汉、魏、晋、南北朝的州、郡、县长官的属吏，统称门下诸吏，简称门下。弹：弹劾。

⑥教：训导，教导。无乃：恐怕。

【译文】

晋简文帝任抚军将军时，他坐床上的灰尘不让人擦去，看到老鼠在上面跑过留下的痕迹，他认为很好看。有个参军看见老鼠白天出来活动，就拿手板把老鼠打死，抚军为这很不高兴。一个下属站起来弹劾那个参军，抚军训导下属说："老鼠被打死了，我尚且不能忘怀；现在又为了一只老鼠去损伤人，这恐怕不行吧？"

【原文】

范宣年八岁，后园挑菜①，误伤指，大啼。人问："痛邪？"答曰："非为痛，身体发肤，不敢毁伤②，是以啼耳！"宣洁行廉约③，韩豫章遗绢百匹④，不受。减五十匹，复不受。如是减半，遂至一匹，既终不受。韩后与范同载，就车中裂二丈与范⑤，云："人宁可使妇无裈邪⑥？"范笑而受之。

【注释】

①范宣:字宣子,东晋陈留(今属河南)人。博通典籍,家境清贫,但安贫乐道,朝廷征召为太学博士、散骑郎,都拒而不就,招集生徒,以讲授儒学为业,学徒广众,年五十四卒。挑:挖出来。

②"身体"句:语出《孝经》:"身体发肤,受之父母,不敢毁伤,孝之始也。"身:躯干;体:头和四肢;古人认为身体发肤都是父母给予的,无故毁伤,是不孝的行为。

③洁行:品行高洁。廉约:廉洁节约。

④韩豫章:即韩伯,字康伯,晋颍川长社(今河南长葛)人,殷浩外甥。晋简文帝司马昱在藩镇时,招引为谈客,历任抚军掾、豫章太守、吏部尚书、领军将军等职;后改任太常,未及上任便病逝,时年49岁,朝廷追赠为太常。遗(wèi):赠送。

⑤同载:共同乘坐一辆车。裂:破开。

⑥宁可:岂可,难道能够。裈(kūn):裤子。

【译文】

范宣八岁那年,有一次在后园挖菜时,不小心弄伤了手指,就大哭起来。别人问道:"很痛吗?"他回答说:"不是因为痛呀。身体发肤受之于父母,不敢无故毁伤,因此才哭的。"范宣为人品行高洁,廉洁节约。有一次,豫章太守韩康伯赠送给他一百匹绢,他不肯收下;减为五十匹,他还是不接受;这样一路减半下来,最后减到一匹,他最终还是不肯接受。后来韩康伯邀范宣一起坐车,在车上撕了两丈绢给范宣,说:"一个人怎么可以让老婆没有裤子穿呢?"范宣这才笑着把绢收下了。

【原文】

王恭从会稽还①,王大看之②。见其坐六尺簟③,因语恭:"卿东来,故应有此物,可以一领及我。④"恭无言。大去后,即举所坐者送之。既无余席,便坐荐上⑤。后大闻之甚惊,曰:"吾本谓卿多,故求耳。"对曰:"丈人不悉恭,恭作人无长物。⑥"

【注释】

①王恭:字孝伯,小字阿宁,晋太原晋阳(今山西太原)人,司徒左长史王濛之孙,会稽内史王蕴之子,孝武定皇后王法慧之兄。390年,任都督兖、青、冀、幽、并、徐及扬州之晋陵诸军事,前将军,兖、青二州刺史,镇守京口。397年及398年,曾先后两度起兵讨伐朝臣,第二次时兵败被杀。死后家无余资,为时人所惜。桓玄执政时,追赠其为侍中、太保,谥曰忠简。会稽:古代郡名,治所在今浙江绍兴。

②王大:即王忱(chén),字元达,小字佛大,太原晋阳(今山西太原)人。中书令王坦之第四子,尚书右仆射王国宝之弟,王恭的族叔。曾任骠骑长史,太元中,出为荆州刺史,都督荆、益、宁三州军事。公元392年卒于官,谥曰穆。看:看望。

③簟(diàn):竹席。

④卿:六朝时长辈对晚辈或同辈熟人间的亲切称呼。东来:从东边来。东晋的国都在建康,会稽在建康东南,所以说"东来"。故:通"固",本来,自然。可:可以。以:拿,把。领:量词。

⑤荐:草席。

⑥丈人:古时晚辈对长辈的尊称。长物:多余的东西。

【译文】

王恭从会稽回来后,王大去看望他。看见他坐在一张六尺长的竹席子上,便对王恭说:"你从东边回来,自然会有这种东西,可以拿一张给我。"王恭没有说什么。王大走后,王恭就拿起所坐的那张竹席送给王大。由于家中没有多余的竹席,王恭后来就坐在草席子上。后来王大听说了这件事,很是吃惊,对王恭说:"我原来以为你有多余的竹席,所以才问你要的。"王恭回答说:"您不了解我,我为人处世,没有多余的东西。"

13

言语第二

　　《言语》是《世说新语》第二门,共108则。言语指善于辞令应对,语言得体、恰当。本门记载的内容主要可分为两类:首先,本门主要记载了在言辞应对过程中产生的优秀言语;其次,本门直接记载了魏晋名士的一些精彩评论,这些言论,或者是对某个人或某件事的评判,或者是对景色、环境的描写。本门中记载的这些言语,或者文采出众,意境高远;或者充满哲理,给人以启迪;或者灵活机敏,巧妙地解决了当时的困境;或者针锋相对,一语中的;或者巧妙利用古文或典故,使语言含蓄委婉,充满韵味。但篇中也有几则故事,或为卖弄口才,或为吹捧狡辩,并不能算是优秀的言语。本书节选了其中23则。

【原文】

　　徐孺子[①]年九岁,尝月下戏[②]。人语之曰:"若令月中无物,当极明邪[③]?"徐曰:"不然,譬如人眼中有瞳子,无此必不明。"

【注释】

①徐孺子:即徐穉,字孺子,东汉时期名士。
②尝:曾经。戏:游戏,玩耍。

③邪:通"耶"。按:在神话传说中,月亮里有嫦娥、玉兔、桂树等,故有此一问。

【译文】

徐孺子九岁时,有一次在月光下玩耍。有人对他说:"如果月亮中什么都没有,应当会更明亮吧?"徐孺子回答:"不是这样的,就好像人的眼睛必须要有瞳孔一样,如果没有瞳孔,人一定会什么也看不见。"

【原文】

孔文举①年十岁,随父到洛。时李元礼②有盛名,为司隶校尉③,诣门者皆俊才清称及中表亲戚乃通④。文举至门,谓吏曰:"我是李府君亲。"既通,前坐。元礼问曰:"君与仆有何亲?⑤"对曰:"昔先君仲尼与君先人伯阳,有师资之尊,是仆与君奕世为通好也。⑥"元礼及宾客莫不奇之。太中大夫陈韪后至⑦,人以其语语之。韪曰:"小时了了⑧,大未必佳!"文举曰:"想君小时,必当了了!"韪大踧踖⑨。

【注释】

①孔文举:即孔融,字文举,东汉末鲁国(今山东曲阜)人,孔子后人,为"建安七子"之一。历任虎贲中郎将、北海相、少府、太中大夫等职。性好宾客,喜评议时政,言辞激烈。公元208年,因触怒曹操,被其所杀。

②李元礼:即李膺,字元礼。

③司隶校尉:官名,是汉至魏晋监督京师和地方的监察官。

④清称:指有声望的人。中表:古代称父系血统的亲戚为内,称母系血统的亲戚为外,外为表,内为中,合称"中表"。

⑤仆:男子对自己的谦称。

⑥先君、先人:此处均为祖先之意。仲尼:孔子,名丘,字仲尼。君:对对方的尊称。伯阳:老子,姓李,名耳,字伯阳。师资:师长。按:相传孔子曾向老子问礼,故云有"师资之尊"。奕世:累世,世代。

⑦太中大夫:官名,掌管议论。陈韪(wěi):生平不详。

⑧了了(liǎo liǎo):聪明伶俐,通晓事理。

⑨踧踖(cù jí):恭敬不安的样子,含贬义,形容坐立不安。

【译文】

孔融十岁时,跟随父亲来到洛阳。当时李元礼颇负盛名,担任司隶校尉一职。登门拜访他的客人,只有杰出的才子、社会名士以及他的亲戚才会被通报。孔融来到李府门前,对守门人说:"我是李府君的亲戚。"通报之后,孔融上前入座。李元礼问他:"你和我是什么亲戚?"融回答道:"从前,我的祖先孔子和你的祖先老子有师生之谊,这样算起来,我和您是世代通家之好啊。"李元礼和宾客听了,没有不感到惊奇。太中大夫陈韪是后来才到的,有人把孔融的话告诉了他,陈韪说:"小时候聪明伶俐、通晓事理,长大了未必就一样才能出众。"融反驳道:"这么说来,想必您小时候一定很聪明伶俐吧。"陈韪听了,感到坐立不安,非常尴尬。

【原文】

孔融被收,中外惶怖①。时融儿大者九岁,小者八岁。二儿故琢钉戏,了无遽容②。融谓使者曰:"冀罪止于身,二儿可得全不?③"儿徐进曰:"大人岂见覆巢之下,复有完卵乎?④"寻亦收至⑤。

【注释】

①收:逮捕,指孔融被曹操逮捕。中外:朝廷内外。惶怖:惊惶恐惧。

②故:如故,依旧。琢钉戏:古时的一种儿童游戏。了:完全。遽(jù)容:恐惧的脸色。

③冀:希望。身:本人,本身。不:通"否"。

④大人:对父母或父母辈的尊称,这里指父亲。覆巢:倾毁的鸟巢。完卵:完整的鸟蛋。

⑤寻:顷刻,不久。

【译文】

　　孔融被捕,朝廷内外一片恐慌。当时,孔融的大儿子九岁,小儿子八岁。两个儿子仍旧在玩琢钉戏,完全没有害怕的样子。孔融对使者请求说:"希望惩罚能到我这里为止,两个儿子的性命能得以保全吗?"他的儿子听到这话,从容地上前说道:"父亲难道见过倾覆的鸟巢下面,还有完整的鸟蛋吗?"不久,两个儿子也被抓起来了。

【原文】

　　祢衡①被魏武②谪为鼓吏,正月半试鼓,衡扬枹为《渔阳掺挝》③,渊渊有金石声④,四坐为之改容。孔融曰:"祢衡罪同胥靡,不能发明王之梦。⑤"魏武惭而赦之。

【注释】

①祢(mí)衡:字正平,平原般(今山东临邑)人,恃才傲物,和孔融交好。孔融将其推荐给曹操,但他称病不去。曹操封为鼓吏,以示羞辱,却被祢衡裸身击鼓而羞辱;后曹操将其推荐给刘表,态度依然轻慢,于是又被送给江夏太守黄祖,后因和黄祖言语冲突被杀,时年26岁。

②魏武:即曹操,字孟德,沛国谯县(今安徽亳州)人,曹魏政权的缔造者。以汉天子名义征讨四方,对内消灭各割据势力,对外降服南匈奴、

乌桓、鲜卑等,统一中国北方,奠定了曹魏立国基础。在世时,曾任东汉丞相,后为魏王,去世后谥号为武王,其子曹丕称帝后,追尊为武皇帝,庙号太祖。

③正月半试鼓:"正"当作"八",《文士传》记载此事时说:"后至八月朝会,大阅试鼓节。"桴(fú):鼓槌。渔阳掺挝(càn zhuā):鼓曲名,也作"渔阳参挝"。掺挝,古代乐器演奏中的一种击鼓之法。

④渊渊:鼓声。金石:指钟磬一类的乐器。

⑤胥靡(xū mí):古代服劳役的奴隶或刑徒,亦为刑罚名。这里指商朝名相傅说(fù yuè),他从政之前,身为奴隶,曾在傅岩(今山西平陆东)做苦役。明王之梦:商朝贤明君主武丁梦见上天赐给他一个贤人,就令画工画出其相貌去寻找,找到一个正在服劳役的囚徒,就是后来成为商代贤相的傅说。

【译文】

祢衡被魏武帝曹操贬做鼓吏,正好遇上八月中试鼓节,在试鼓节上,祢衡挥动鼓槌演奏《渔阳掺挝》,鼓声深邃悠远,有金石之音,满座的人都为之动容。孔融说:"祢衡的罪和曾为奴隶的商朝名相傅说相同,只是没有遇到赏识他才华的像商王武丁那样的英明君主啊。"魏武帝听了很惭愧,就赦免了祢衡。

【原文】

嵇中散语赵景真①:"卿瞳子白黑分明,有白起之风,恨量小狭。"②赵云:"尺表能审玑衡之度,寸管能测往复之气③。何必在大,但问识如何耳!"

【注释】

①嵇中散:即嵇康,字叔夜,谯国铚县(今安徽濉溪)人。曾任中散大夫,故称嵇中散。后隐居不任,为"竹林七贤"之一。遭钟会构陷,为

司马昭所杀。赵景真:赵至,字景真,后改名浚,字允元,代郡人,寓居在洛阳,出身微贱,曾任辽东从事,善断案,以精审见称。

②瞳子:瞳孔,指眼珠。白起:又称公孙起,战国时期秦国郿县(今陕西眉县)人,中国古代著名的将领、军事家。白起在秦昭王时征战六国,为秦国统一六国做出了巨大的贡献,与廉颇、李牧、王翦并称为战国四大名将。恨:遗憾。量:指眼睛。小:稍微,略微。

③表:古代测日影的标尺。审:知悉,指测定。玑衡:"璇玑玉衡"的简称,古人发明的一种天文观测测量仪器,即浑天仪。管:指古代用来校正乐律的竹管。往复之气:指音调的高低。

【译文】

中散大夫嵇康对赵景真说:"你的眼珠黑白分明,有战国名将白起那样的风度,遗憾的是你的眼睛稍微小了点。"赵景真说:"一尺长的标尺就能测定浑天仪的度数,一寸长的竹管就能测量出音调的高低。何必在乎大不大呢,只要看人的见识怎么样就行了。"

【原文】

司马景王①东征,取上党李喜,以为从事中郎②。因问喜曰:"昔先公辟君不就,今孤召君,何以来?③"喜对曰:"先公以礼见待,故得以礼进退;明公以法见绳,喜畏法而至耳!④"

【注释】

①司马景王:即司马师,字子元,河内温县(今河南温县)人。249年,与父亲司马懿谋划诛杀了曹爽,以功封长平乡侯,加卫将军。司马懿死后,任抚军大将军,次年升为大将军,执掌朝廷大权。254年,魏帝曹芳与中书令李丰等密谋除司马师,事情泄露,司马师杀死参与者,废掉魏

帝曹芳,立曹髦为帝。次年在率兵平定叛乱途中病死,谥号忠武;其弟司马昭受封晋王,追尊其为晋景王,称帝后,尊其为晋景帝,庙号世宗。

②李喜:字季和,上党铜鞮(今山西沁县)人,少有高行,博学精研。司马懿为太傅时,辟为属官,称病固辞。司马师辅政后,命为大将军从事郎中,后历任御史中丞、凉州刺史、冀州刺史、司隶校尉等职。晋朝建立后,封祁侯,历任太子太傅、尚书仆射、金紫光禄大夫等职。死后,追赠太保,谥号为成。从事中郎:官名,为将帅之幕僚,参与谋议等事。

③因:于是,就。先公:已经去世的父亲,这里指司马懿。辟:召见并授予官职。不就:不就职,指不接受任命。孤:古代帝王的自称。

④明公:对尊贵者的敬称。绳:约束。

【译文】

晋景王司马师东征的时候,选取上党的李喜担任他的从事中郎。就在李喜到任后,司马师问李喜道:"从前,先父召您来任职时,您不肯到任;现在,我召您来为官,为什么肯来了呢?"李喜回答说:"当年令尊是以礼相待,所以我能按礼节来决定进退;现在明公您用法令来约束我,我害怕违反法令,只好前来就任呀。"

【原文】

邓艾①口吃,语称艾艾②。晋文王③戏之曰:"卿云艾艾,定是几艾?"④对曰:"凤兮凤兮,故是一凤。⑤"

【注释】

①邓艾:曾名邓范,字士载,三国魏义阳棘阳(今河南新野)人,文武全才,深谙兵法;曾任兖州刺史、镇西将军、太尉等职,因功封关内侯,又封邓侯;多年在曹魏西边战线防备蜀汉姜维;263年,与钟会分别率军攻打蜀汉,取得胜利;后因遭到钟会的污蔑和陷害,引起司马昭猜忌而被收押,与其子邓忠一起被卫瓘派遣的武将田续杀害。

②语称艾艾:古人与人谈话时自称其名是表示谦逊和礼貌;邓艾本应自称"艾",因为口吃,就成了"艾艾"。

③晋文王:即司马昭,字子上,河内温县(今河南温县)人。司马懿次子,司马师之弟,西晋开国皇帝司马炎之父。魏景初二年(238年)封新城乡侯。正元二年(255年)为大将军,专揽国政。甘露五年(260年),司马昭立曹奂为帝。景元四年(263年),派遣钟会、邓艾、诸葛绪三路灭亡蜀汉,受封晋公。次年加为晋王。咸熙二年(265年)病逝,谥文王。其子司马炎称帝后,追谥为文帝,庙号太祖。

④卿:古代对人敬称。定:到底。

⑤凤兮凤兮:语出《论语·微子》,说楚国的接舆走过孔子身旁的时候唱道:"凤兮凤兮,何德之衰",以凤来比喻孔子。按:邓艾引用《论语》来表明虽然说"凤兮凤兮",其实只有一只凤,自己说"艾艾",也只有一个艾罢了。故:仍,还是。

【译文】

邓艾由于说话结巴,和别人交谈时常自称为"艾艾"。晋文王司马昭和他开玩笑说:"你说'艾艾',到底有几个艾?"邓艾回答说:"虽然说'凤兮凤兮',其实仍是一只凤而已。"

【原文】

满奋①畏风。在晋武帝坐②,北窗作琉璃屏,实密似疏,奋有难色。帝笑之。奋答曰:"臣犹吴牛,见月而喘。③"

【注释】

①满奋:字武秋,晋山阳昌邑(今山东昌邑)人,生性清静平和,有才识,晋元康年间官至尚书令、司隶校尉。

②晋武帝:即司马炎,字安世,河内温县(今河南温县)人。晋朝开

国皇帝,司马懿之孙。公元265－290年在位。咸熙二年(265年)袭父爵晋王,数月后逼迫魏元帝曹奂禅位于己,即位为帝,国号为晋。咸宁五年(279年),命杜预、王濬等人分兵伐吴,于次年灭吴,统一全国,死后谥号武皇帝,庙号世祖。坐:指侍坐,陪坐。

③吴牛:吴地的牛,即指江、淮一带的水牛。见月而喘:据说水牛怕热,太阳晒着就会喘息,看见月亮会误以为是太阳,也会喘起来,比喻因心生疑心而产生害怕之情。

【译文】

满奋畏寒怕风。一次在晋武帝司马炎旁边侍坐,北窗是琉璃窗,实际上是很严实的,但看起来却像透风似的,满奋就面有难色。晋武帝笑他,满奋回答说:"臣就好比是吴地的牛,看见月亮也会喘起来的。"

【原文】

蔡洪赴洛①,洛中人问曰:"幕府初开,群公辟命,求英奇于仄陋,采贤俊于岩穴②。君吴楚之士,亡国之余,有何异才,而应斯举③?"蔡答曰:"夜光之珠,不必出于孟津之河;盈握之璧,不必采于昆仑之山④。大禹生于东夷⑤,文王生于西羌⑥,圣贤所出,何必常处⑦。昔武王伐纣,迁顽民于洛邑⑧,得无诸君是其苗裔乎⑨?"

【注释】

①蔡洪:字叔开,吴郡(今江苏苏州)人。曾在吴为官,入晋为州从事,太康中举秀才,元康初为松滋令。著有《化清经》十卷,集二卷。洛:洛阳,西晋首都。

②幕府:古时将帅办公的地方,也用来指军政官员的官署。群公:众

位公卿大臣,指朝廷中的众位高官。辟命:征召,任命。求、采:寻求,探访。仄陋:指不为人所注重的社会下层或鄙陋之处,也指有才德而地位卑微的人。岩穴:山中的洞穴,这里指隐居山中的隐士,也可以泛指山野村夫。

③吴楚:泛指春秋吴楚之故地。即今长江中、下游一带。这里是指三国吴地。亡国:灭亡了的国家,这里指三国时吴国,公元280年为西晋所灭。余:余留,已灭亡国家留下来的后代。斯:这,这个。举:推举,选拔。

④夜光之珠:即夜明珠,是春秋时代隋国国君的宝珠,又叫隋侯珠,或称隋珠。传说春秋时隋侯在隋县溠水救一蛇,后来蛇衔一明珠来报答他。孟津:渡口名,在今河南省孟州市南,周武王伐纣时和各国诸侯在这里会盟,是一个有名的地方。盈握:满握,满满一把,用来形容美玉之大。璧:中间有孔的圆形玉器。昆仑:有名的盛产玉石的山。

⑤大禹:夏朝开国君王,是黄帝的玄孙,鲧的儿子,相传禹治理黄河有功,受舜禅让而继承帝位,国号夏。东夷:古代对我国中原以东各族的统称。

⑥文王:即周文王姬昌,姬姓,周朝奠基者;其父死后,继承西伯侯之位,故称西伯昌,在位五十年,是中国历史上的一代明君;周武王姬发灭商后,追尊为周文王。西羌:西汉时对羌人的泛称。

⑦何必:为什么一定要,用反问的语气表示不必、不需要。常处:固定的地方。

⑧武王:即周武王姬发,周文王姬昌次子,西周王朝开国君主,在位十三年;因其兄伯邑考被商纣王所杀,得以继位,并建立了西周王朝,是中国历史上的一代明君。迁顽民于洛邑:周武王灭了殷纣以后,把殷的顽固人物迁到洛水边上,派周公修建洛邑安置他们;战国以后,洛邑改为洛阳。

⑨得无:莫非,表示揣测。苗裔(yì):后代。

【译文】

　　蔡洪到洛阳后,洛阳的人问他:"官府刚刚成立,众位公卿大臣都在征召人才,要在出身卑微的人中寻求才华出众之人,在隐居山林的隐士中寻访俊杰之士。先生是南方人士,亡国的遗民,有什么杰出的才能,来应对这一次的选拔呢?"蔡洪回答说:"夜光珠不一定都出自孟津一带的河中,满满一握那么大的璧玉也不一定都是从昆仑山开采而来。大禹出生在东夷,周文王出生在西羌。圣贤之士的出生地,为什么一定要在某个固定的地方呢!从前周武王打败了殷纣后,把殷代的顽固之士都迁移到了洛邑,莫非诸位先生就是那些顽固之人的后代吗?"

【原文】

　　崔正熊诣都郡①。都郡将姓陈②,问正熊:"君去崔杼几世?③"答曰:"民去崔杼,如明府之去陈恒。④"

【注释】

　　①崔正熊:崔豹,字正熊,西晋渔阳郡(治今北京市密云区)人。撰有《古今注》三卷;晋惠帝时官至太子太傅丞。都郡:大郡,这里指都郡太守。

　　②都郡将:以他郡太守兼都督本郡军事,即郡的军事长官。

　　③去:距离。崔杼(zhù):又称崔子、崔武子,春秋时齐国大夫,弑杀齐国国君齐庄公,立庄公弟为君,自己为右相。这里是拿同姓开玩笑,意在取笑崔正熊是犯有杀君之罪的崔杼的后代。

　　④明府:对太守的尊称。陈恒:即田常,陈与田古音相近,故又作田恒,因避汉文帝刘恒之讳,《史记》改称田常。春秋时期齐国大臣,弑杀齐国国君齐简公,拥立齐平公,自任相国。崔正熊的回答针锋相对,指出都郡将的陈氏祖先也犯有弑君之罪。

【译文】

　　崔正熊去拜访郡城太守,郡太守姓陈,他问崔正熊:"您距离崔杼多少代?"崔正熊回答说:"小民距离崔杼的世代,正像明府您距离陈恒的世代一样长。"

【原文】

　　过江诸人,每至美日,辄相邀新亭,藉卉饮宴①。周侯中坐而叹曰:"风景不殊,正自有山河之异!"②皆相视流泪。唯王丞相愀然变色曰③:"当共戮力王室,克复神州,何至作楚囚相对?④"

【注释】

　　①过江诸人:西晋末年战乱不断,中原人士相继过江避难,"过江诸人"本指这些人,这里指其中的朝廷官员、士族人士。美日:风和日丽的日子。新亭:又名中兴亭,为三国时吴国所建,故址在今江苏南京南。藉(jiè)卉:坐在草地上。藉,垫,引申为坐卧其上;卉,草的总名。
　　②周侯:即周顗(yǐ),字伯仁,汝南安成(今河南汝南人),西晋、东晋时为官。因袭父爵武城侯,故称周侯,后为王敦所害。不殊:没有区别,一样。山河之异:指当时北方广大地区被少数民族政权占领。
　　③王丞相:即王导,字茂弘,琅邪临沂(今山东临沂)人。历元帝、明帝、成帝三朝,皆居显位辅佐朝政,时称"王与马共天下"。咸康五年(339)死,谥文献。愀(qiǎo)然变色:指面容神情一时变得严肃或不愉快。
　　④戮力:协力,通力合作。克复:用武力收复。神州:这里指中原地区,战国时邹衍称中国为赤县神州,后世遂以神州指代中国。楚囚:指囚犯。《左传·成公九年》记载:楚人钟仪为郑人俘获,被献给晋国,"晋侯

观于军府,见钟仪,问之曰:'南冠而絷者,谁也?'有司对曰:'郑人所献楚囚也。'"后世即称囚犯为楚囚。

【译文】

　　到江南避难的那些士族高官名士们,每逢风和日丽的日子,总是互相邀约着到新亭去,坐在草地上摆宴畅饮。一次,武城侯周颉在饮宴的中途叹着气说:"江南的风景和中原没有什么不同,只是这山河的主人不一样了!"大家听了这话,顿时你看我,我看你,潸然泪下。只有丞相王导脸色立刻变得很严肃,说道:"我们大家应该为朝廷齐心合力,收复中原,哪里至于像囚犯似的相对流泪呢!"

【原文】

　　梁国杨氏子,九岁,甚聪惠。孔君平①诣其父,父不在,乃呼儿出,为设果②。果有杨梅,孔指以示儿曰:"此是君家果。"儿应声答曰:"未闻孔雀是夫子家禽③。"

【注释】

　　①孔君平:孔坦,字君平,东晋会稽山阴(今浙江绍兴)人,孔子后人;曾任太子舍人、吴郡太守、侍中、廷尉等职;死后赠光禄勋,谥曰简。
　　②设果:端上水果。
　　③夫子:对对方的尊称。双方应答是利用了同音字,即杨梅首字和杨姓同,孔雀首字和孔姓同。

【译文】

　　梁国有一家姓杨的,有个儿子才九岁,但很聪明。一次孔君平去拜访他父亲,他父亲不在,这家便叫儿子出来,给孔君平摆上水果。水果里面有杨梅,孔君平便指着杨梅给他看,说道:"这是您家的果子呀。"孩子应声回答说:"没听说过孔雀是您家的鸟呢。"

【原文】

谢仁祖①年八岁,谢豫章将送客②,尔时语已神悟,自参上流③。诸人咸共叹之曰:"年少,一坐之颜回。④"仁祖曰:"坐无尼父,焉别颜回?⑤"

【注释】

①谢仁祖:谢尚,字仁祖,陈郡阳夏(今河南太康)人,谢鲲子,谢安从兄。精通音律,工于书法,擅长清谈。世袭父爵咸亭侯,累迁尚书仆射、镇西将军。357年病逝,谥号简。

②谢豫章:谢鲲,字幼舆,陈郡阳夏(今河南太康)人,谢尚之父;善于清谈,为人放达;曾为王敦长史,官至豫章太守,死后追赠为太常,谥号康。将:带领,带着。

③神悟:理解力高超出奇,指领悟神速。参:参与。

④一坐:所有在座的人。坐,同"座"。颜回:字子渊,春秋末期鲁国曲阜人,14岁拜孔子为师,此后终生师事之,以德行著称,是孔子最得意的门生。

⑤尼父(fǔ):即孔子,名丘,字仲尼,尊称为尼父,春秋时期鲁国人,儒家学派创始人。别:区别,辨别。

【译文】

谢仁祖八岁时,他父亲豫章太守谢鲲带着他一起送别客人。那时,他的言谈便显示出惊人的悟性,可以自己参与到上流人士的交谈之中。大家都赞叹不已,称赞他说:"年纪虽小,却是座中的颜回啊!"谢仁祖说:"座中如果没有孔子,怎么能识别出颜回呢!"

【原文】

庾法畅造庾太尉①,握麈尾至佳②。公曰:"此至佳,那得在?"法畅曰:"廉者不求,贪者不与,故得在耳。"

【注释】

①庾法畅:当作"康法畅",康如同竺法兰之竺,皆以国名,相传西域有个康居国;晋时和尚名,其他不详。庾太尉:即庾亮,字元规,颍川鄢陵(今河南鄢陵北)人,明帝皇后兄。明帝时因功封都亭侯。成帝时进号征西将军。谋求收复中原,未成身死。死后获赠太尉。

②麈(zhǔ)尾:拂尘,古人闲谈时执以驱虫、掸尘的一种工具。据说,麈是一种大鹿,麈与群鹿同行,麈尾摇动,可以指挥鹿群的行向,麈尾取义于此,有领袖群伦之义。古人清谈时习惯手执麈尾,相沿成习,称为名流雅器,不谈时,亦常执于手。

【译文】

庾法畅和尚去拜访太尉庾亮,手中握着的麈尾特别好。庾亮问道:"这东西这么好,怎么还能留在你手里呢?"法畅回答说:"廉洁的人不会向我索求,贪婪的人我也不会给,所以还能留在我手里。"

【原文】

桓公北征经金城①,见前为琅邪时种柳,皆已十围②,慨然曰:"木犹如此,人何以堪!"攀枝执条,泫然流泪③。

【注释】

①桓公:桓温,字元子,一作符子,东晋谯国龙亢(今安徽怀远)人。娶晋明帝司马绍之女南康公主。曾任琅邪内史、徐州刺史、荆州刺史、大司马、扬州牧等职,封南郡公。347年,剿灭盘踞在蜀地的成汉政权。354年至369年期间,三次出兵北伐(伐前秦、后秦、前燕),战功累累。独揽

朝政十余年,并在371年,废皇帝司马奕为东海王,改立司马昱为帝。373年病逝,死前欲得九锡,因谢安等人借故拖延未能实现。死后朝廷追赠丞相,谥号宣武。其子桓玄建立桓楚后,追尊为楚宣武皇帝,庙号太祖。金城:地名,南琅邪郡的郡治,即郡守府署所在地。桓温在东晋太和四年(369年)伐燕,在咸康七年(341年)任琅邪国内史镇守金城,中间间隔了将近三十年。

②围:有两种意思,一指两臂合抱,一指两手合围,此处指后者。

③泫(xuàn)然:这里形容泪珠下滴的样子。

【译文】

桓温北伐的时候,经过金城,看见从前他担任琅邪内史时所种下的柳树,都已经长得有十围那么粗了,不禁感慨地说道:"树木尚且长得这么快,人怎么承受得起岁月的流逝呢!"攀着树枝,抓住柳条儿,眼泪忍不住就流了下来。

【原文】

顾悦与简文同年,而发蚤白①。简文曰:"卿何以先白?"对曰:"蒲柳之姿,望秋而落②;松柏之质,经霜弥茂。"

【注释】

①顾悦:字君叔,东晋晋陵(今江苏常州)人。初为殷浩扬州别驾,后升至尚书左丞。简文:即简文帝司马昱。蚤:通"早"。

②蒲柳:植物名,即水杨,生长于水边,质性柔弱且树叶早落,所以用来比喻衰弱的体质。姿:通"资",资质。

【译文】

顾悦和简文帝司马昱同岁,可是头发早已经白了。简文帝问他:"你

29

的头发为什么会比我的先白呢?"顾悦回答说:"蒲柳的资质差,一到秋天树叶就凋落了;松柏质地坚实,经历了秋霜反而会更加茂盛。"

【原文】

简文入华林园①,顾谓左右曰:"会心处,不必在远。翳然林水,便自有濠、濮间想也②。觉鸟兽禽鱼,自来亲人。"

【注释】

①简文:即简文帝司马昱。华林园:宫苑名,三国时吴建,故址在今南京市鸡鸣山南古台城内。

②翳(yì)然:形容隐蔽,隐没。濠、濮间想:濠水和濮水,出自《庄子》,指代高人隐居山林以避开世俗纷扰之处所。《庄子·秋水》记载庄子与惠子游于濠梁之上,见水中鱼出游从容,辩论鱼知乐否;庄子在濮水钓鱼,楚威王派大夫来请他入朝为官,庄子表示宁可做一只在污泥中爬的活龟,也不愿做一只保存在宗庙里的死龟,表达了庄子对远离尘世,回归自然的向往之情。

【译文】

简文帝司马昱进入华林园游玩,回头对随从们说:"令人心领神会之处,不一定在很遥远的地方。只要身处树木繁茂、山水掩映之处,悠然自得、远离尘嚣的想法就会在心中油然而生,而且会觉得鸟、兽、禽、鱼自然而然的会来与人亲近。"

【原文】

谢太傅语王右军曰①:"中年伤于哀乐②,与亲友别,辄作数日恶。"王曰:"年在桑榆,自然至此,正赖丝竹陶写③。恒恐儿辈觉,损欣乐之趣。"

【注释】

①谢太傅:指谢安。王右军:即王羲之,字逸少,祖籍琅邪临沂(今山东临沂),后迁会稽山阴(今浙江绍兴),晚年隐居剡县金庭;曾任秘书郎、临川太守、宁远将军、江州刺史等职,后为会稽内史,领右军将军;死后追赠金紫光禄大夫。其书法兼善隶、草、楷、行各体,自成一家,有"书圣"之称,影响深远,代表作《兰亭序》被誉为"天下第一行书",在书法史上与其子王献之合称为"二王"。

②哀乐:偏义复词,指"哀"。

③桑榆:指晚年,出自《初学记》:"日垂西,影在树端,谓之桑榆。"意思是:太阳下山时,阳光只照到桑树、榆树的树梢,故借用桑榆来比喻黄昏或人的晚年。正:只。丝竹:弦乐器和竹制管乐器的统称,亦指音乐。陶写:陶指陶冶性情;写,通"泻",指排解忧闷之情,消愁解闷。

【译文】

太傅谢安对右军将军王羲之说:"人到中年,常常容易受到哀伤情绪的折磨,和亲友离别后,总是得好几天闷闷不乐。"王羲之说:"人年纪大了,自然会这样,只能依赖音乐来陶冶性情,排解忧闷之情,还常常担心小辈们发觉,减少了他们欢乐的兴趣。"

【原文】

王右军与谢太傅共登冶城,谢悠然远想,有高世之志①。王谓谢曰:"夏禹勤王,手足胼胝②;文王旰食,日不暇给③。今四郊多垒,宜人人自效。而虚谈废务,浮文妨要,恐非当今所宜。④"谢答曰:"秦任商鞅⑤,二世而亡⑥,岂清言致患邪⑦?"

【注释】

①王右军:即王羲之,字逸少,曾任右军将军。谢太傅:即谢安。冶城:相传为吴王夫差冶铸之地。故址在今江苏南京。高世:高出尘世,指超脱世俗。

②勤王:为王事尽力。手足胼胝(pián zhī):手掌、脚底因长期劳动摩擦而生的茧子。相传大禹治水非常辛苦,三过家门而不入,身体枯瘦,手脚上都起了厚厚的一层老茧。

③旰(gàn)食:天黑了才吃饭,指勤于国事;旰,天色晚,天黑。日不暇给(jǐ):形容事情繁多,时间不够用。给,足够。

④四郊多垒:形容敌情严重,形势危急。四郊,这里指国都四郊,即都城郊外。自效:指自觉为国效力。废务:荒废了事务。浮文:不切实际的文辞。要:重要的事情。

⑤商鞅:战国时期法家代表人物,卫国国君的后裔,姬姓公孙氏,故又称卫鞅、公孙鞅,后因立功获封商,号为商君,故称之为商鞅;辅佐秦孝公实行变法,秦国因此富强起来,传六代至秦始皇,统一中国。

⑥二世:两代,指秦始皇和秦二世两代。秦始皇死后,秦二世胡亥继位,在位三年,因陈胜起义、刘邦起兵,秦朝便灭亡了。

⑦清言:清谈,不务实际,空谈玄学。

【译文】

右军将军王羲之和太傅谢安一起登上冶城,谢安望向远方,悠然遐想,心中不由产生超尘脱俗的志趣。王羲之对他说:"夏禹忙于操劳国事,手脚都长了茧子;周文王忙政事忙到天黑才吃上饭,总觉得时间不够用。现在国家战乱频繁,形势危急,人人都应当自觉地为国效力。而空谈会荒废政务,浮夸的言辞会妨害国家要事,恐怕不是当前所应该做的吧!"谢安回答说:"秦国任用了商鞅,可是秦朝只传了两代就灭亡了,这难道也是清谈所招致的祸患吗?"

【原文】

　　谢太傅寒雪日内集,与儿女讲论文义①。俄而雪骤,公欣然曰:"白雪纷纷何所似?"兄子胡儿曰:"撒盐空中差可拟。②"兄女曰:"未若柳絮因风起。"公大笑乐。即公大兄无奕女③,左将军王凝之④妻也。

【注释】

　　①谢太傅:即谢安。内集:家人聚会。文义:文章的内容和义理。

　　②兄子胡儿:即谢安二哥谢据的儿子谢朗。谢朗,字长度,小名胡儿,陈郡阳夏(今河南太康)人,谢安次兄谢据的长子,少有文名,官至东阳太守。差可拟:勉强可以比拟。

　　③公大兄无奕:即谢安的大哥谢奕,字无奕,初为剡县令,后桓温辟为安西司马。景迁都督豫、司、冀、并四州军事。安西将军、豫州刺史。卒于官。无奕女:即谢道韫(yùn),字令姜,陈郡阳夏(今河南太康)人,谢奕之女,王羲之子王凝之之妻,长于诗文;在孙恩之乱时,丈夫王凝之为会稽内史,但守备不力,被杀,谢道韫听闻敌至,举措自若,拿刀出门杀敌数人,被俘,慷慨陈词。孙恩因感其节义,赦免道韫及其族人,后在会稽独居,终生未改嫁。

　　④王凝之:字叔平,王羲之次子,善草书、隶书;历任江州刺史、左将军、会稽内史等职;深信五斗米道,399年,孙恩攻打会稽时,不听手下进言,不设防备,相信请得鬼兵助阵,因而与诸子一同遇害。

【译文】

　　太傅谢安在一个寒冷的下雪天把家里人聚在一起,和子侄们讲解讨论文章的内容和义理。不一会儿,雪花下得又大又急,谢安兴致盎然地问道:"白雪纷纷像什么啊?"谢安二哥的儿子胡儿说道:"勉强可以比拟为'撒盐空中'。"谢安大哥的女儿说:"不如'柳絮因风起'好。"谢安听了后大笑,非常高兴。这个侄女就是谢安的大哥谢无奕的女儿,左将军王凝之的妻子谢道韫。

【原文】

晋武帝每饷山涛恒少①。谢太傅以问子弟②，车骑③答曰："当由欲者不多，而使与者忘少。"

【注释】

①晋武帝：晋开国皇帝司马炎，谥号武皇帝。饷：赏赐。山涛：字巨源，河内怀县（今河南武陟）人，"竹林七贤"之一。为人谨慎，生活简朴。早期隐居乡里，后依附司马氏，颇受重用；历任侍中、吏部尚书、太子少傅、光禄大夫等职，死后谥号康。恒：总是。

②谢太傅：即谢安。

③车骑：即谢玄，字幼度，小字遏（一说羯），陈郡阳夏（今河南太康）人。谢奕之子，谢安之侄。早年为大司马桓温掾属，后任征西将军桓豁司马、领南郡相。377年，为抵御前秦，谢安推荐其为建武将军、兖州刺史，领广陵相。379年，因功进号冠军将军，加领徐州刺史。383年，在淝水之战中，任前锋都督，大胜前秦。后因病改任左将军、会稽内史。388年离世，死后追赠车骑将军，谥号献武。

【译文】

晋武帝每次给山涛赏赐东西，总是很少。太傅谢安就这件事问子侄们是什么意思，车骑将军谢玄回答说："应当是因为接受赏赐的人要求不多，才使得赏赐的人不觉得给与的少。"

【原文】

顾长康①从会稽还，人问山川之美，顾云："千岩竞秀，万壑争流，草木蒙笼其上，若云兴霞蔚。②"

【注释】

①顾长康:即顾恺之,字长康,东晋晋陵无锡(今属江苏)。博学多才,工诗赋、书法,尤以绘画闻名于世。曾任桓温和殷仲堪的参军,官至通直散骑常侍。
②岩:高峻的山峰。秀:高出。壑(hè):山沟,山谷。蒙笼:茂密地笼罩着,形容草木茂盛的样子。云兴霞蔚:云雾升腾,彩霞弥漫,形容景物灿烂绚丽。

【译文】

顾长康从会稽回来,人们问他那里山川的秀美情状,顾长康说:"在那里,千座山峰竞相比高,万座山谷的溪水争相奔流,茂密的草木笼罩在山水之上,如同云雾升腾,彩霞弥漫。"

【原文】

王子敬曰①:"从山阴道上行,山川自相映发,使人应接不暇。②若秋冬之际,尤难为怀。③"

【注释】

①王子敬:即王献之,字子敬,琅邪临沂(今山东临沂)人。东晋著名书法家,与其父王羲之齐名,世称"二王"。官至中书令。
②山阴:会稽郡,治所在今浙江绍兴。映发:互相映衬,互相辉映。
③际:交界或靠边的地方。为怀:忘怀,忘记。

【译文】

王子敬说:"在山阴县的路上行走时,一路上只见山川水流交相辉映,使人眼花缭乱,目不暇接。如果是在秋末冬初,风光景色更是令人难以忘怀。"

政事第三

《政事》是《世说新语》第三门，共26则。政事指政府的行政事务。本门记载的故事主要可以分为两类：首先，主要记载了汉末魏晋时期一些名士们处理政事的具体事迹，通过具体言行展示了值得推崇的处理政事的方式方法；其次，本门记载了名士们关于政事的言辞应对，通过语言直接表达本人或他人对于处理政事的理念和态度。从本门所记载的故事可以看出，编者比较推崇采用宽松、仁德的方式治理国家，但针对一些原则性问题，如违背忠孝伦理和国家法令，则主张从严治理。本书节选了其中9则。

【原文】

陈仲弓为太丘长，有劫贼杀财主，主者捕之①。未至发所，道闻民有在草不起子者，回车往治之②。主簿曰："贼大，宜先按讨。"③仲弓曰："盗杀财主，何如骨肉相残！"④

【注释】

①陈仲弓：即陈寔。劫贼：强盗，土匪。财主：财货的主人。主者：主管事务的官吏。

②发所:出事地点。道:在半道上。在草:指妇女分娩,生孩子;草指孕妇临产时垫的草褥子。不起子:生了孩子不养育,指溺杀婴儿。治:治理,处理。
③按讨:审查办理。
④骨肉相残:指父母溺杀婴儿之事。

【译文】

陈仲弓任太丘县县长时,有强盗劫持了货物,杀害了货主,主管官吏抓捕了强盗。陈仲弓前去处理此事,还没到出事地点,在半道上听说有一家人生下孩子却不肯养育,便让车子掉头,先去处理这件事。主簿说:"强盗杀人的事大,应该先审查办理。"仲弓说:"强盗劫货杀人,怎么比得上骨肉相残这件事重大!"

【原文】

贺太傅作吴郡①,初不出门。吴中诸强族轻之②,乃题府门云:"会稽鸡,不能啼。"贺闻,故出行,至门反顾,索笔足之③曰:"不可啼,杀吴儿。"于是至诸屯邸,检校诸顾、陆役使官兵及藏逋亡④,悉以事言上,罪者甚众。陆抗⑤时为江陵都督,故下请孙皓⑥,然后得释。

【注释】

①贺太傅:贺邵,字兴伯,会稽山阴(今浙江绍兴)人,三国时期吴国人。吴景帝时任中郎、散骑中常侍、吴郡太守等职。吴末帝孙皓时,任左典军,升任中书令,兼太子太傅。后被孙皓枉杀,其家族被流放到临海郡。作吴郡:指任吴郡太守。
②吴中:吴郡的政府机关所在地。强族:指当地的豪门大族。轻:看轻,轻视。

③反顾:回头看。足:使之足,意为补充,补足。

④屯邸:庄园。检校(jiào):审查核对。顾、陆:指顾、陆两大家族,为当时吴郡豪门大族。逋亡:指逃亡的人。战乱之时,为躲避赋税徭役,贫民多逃亡到豪门大族中藏匿,给他们做劳役,官府也不敢前往查处。

⑤陆抗:字幼节,吴郡吴县(今江苏苏州)人,被誉为吴国最后的名将,陆逊次子,孙策外孙。245年,袭父爵为江陵侯,任建武校尉,后升为立节中郎将、镇军将军等。孙皓为帝时,任镇军大将军,领益州牧,都督西陵、信陵等地诸军事,驻乐乡(今湖北江陵西南)。272年,击退晋将羊祜进攻,并攻杀叛将西陵督步阐。273年,拜大司马、荆州牧。次年病逝,死后不久吴国为晋所灭。

⑥下:当时陆抗在江陵,居上游,孙皓在建业,居下游,故说"下"。孙皓:字元宗,三国时吴国末代皇帝,孙权之孙。264年被拥立为帝,改元元兴。280年,吴国被灭后,投降西晋,封为归命侯。284年去世。

【译文】

太子太傅贺邵任吴郡太守,到任之初,一直没有走出过太守府。吴中的豪门大族都很轻视他,竟在太守府大门上写上"会稽鸡,不能啼"的字样。贺邵听说后,故意外出,走出门口后,回过头来看了看,向下人要来笔,在原句下面又补上了一句:"不可啼,杀吴儿。"于是来到吴郡各豪门大族的庄园,重点审查核对顾姓、陆姓两大家族奴役官兵和窝藏逃亡人口的情况,然后把情况全部报告给了朝廷,因此而获罪的人非常多。当时陆抗正任江陵都督,也受到了牵连,不得不亲自从江陵来到建业,请求吴帝孙皓帮助,事情才得以了结。

【原文】

山司徒前后选,殆周遍百官,举无失才①;凡所题目②,皆如其言。唯用陆亮③,是诏所用,与公意异,争之,不从。亮亦寻为贿败。

【注释】

①山司徒:即山涛,字巨源,官至司徒。前后选:指两次担任吏部尚书一职。殆:几乎,近于。周遍:遍及。举:推举,举荐。按:山涛在曹魏时曾任书吏部郎,到晋武帝时又曾任吏部尚书,吏部是负责选拔任免官吏的,山涛曾两次担任此职,所以说前后选。

②题目:品评。按:《晋书·山涛传》载,山涛两次任选职共十多年,每一官缺,就拟出几个人,由皇帝挑选;凡所奏甄拔人物,都各作品评。

③陆亮:字长兴,太常陆乂兄,贾充亲信。按:当时吏部郎出现空缺,山涛推荐阮咸,贾充则推荐自己的亲信陆亮。晋武帝选用了陆亮,山涛反对无效。后来陆亮因收受贿赂被撤职。

【译文】

司徒山涛前后两次担任过吏部官员,几乎考察遍了朝廷内外百官,向上举荐时一个人才也没有漏掉;凡是他品评过的人物,都正如他所说过的那样。只有任用陆亮是皇帝的诏令决定的,和山涛的意见不同,他为这事与皇帝力争过,但皇帝没有听从他的意见。不久,陆亮果然因为受贿而被免职。

【原文】

王安期为东海郡①,小吏盗池中鱼,纲纪推之②。
王曰:"文王之囿,与众共之③。池鱼复何足惜!"

【注释】

①王安期:王承,字安期,太原晋阳(今山西太原)人,西晋汝南太守王湛之子,东晋尚书令王述之父,被誉为东晋初年第一名士。曾任骠骑参军、司空从事中郎、东海王司马越记室参军、东海太守等职,封蓝田侯。

东海郡:指东海郡太守。

②纲纪:这里指的是州郡主簿一类的官。推:推问查究,追查。

③文王:指周文王。囿:养动物的园子。共:共同使用。按:据《孟子·梁惠王下》记载,周文王有个方圆七十里的园囿,人们可以到那里去打柴、打猎。

【译文】

王安期任东海郡太守时,有个小吏偷了池塘中的鱼,主簿要追查这件事。王安期说:"周文王的猎场还是和百姓共同使用的呢。这池塘里的几条鱼又有什么值得吝惜的!"

【原文】

丞相末年,略不复省事①,正封箓诺之②。自叹曰:"人言我愦愦,后人当思此愦愦③。"

【注释】

①丞相:即王导。末年:晚年。略:完全。省(xǐng)事:处理政事,办理公事。

②正:只。封箓:文书,指奏章、公文、簿籍等。诺:画诺,签字,表示同意照办。按:王导历仕三朝,为政宽和得众,事从简易,晚年更是如此。

③愦(kuì)愦:糊涂,昏乱。按:晋室东渡,在江东建立东晋政权,王导位居宰辅,既需要争取江东士族的认可和支持,又必须调和南渡后的中原士族和江东士族之间的矛盾,所以为政不得不仁厚宽恕,使矛盾趋于缓和,这正是他用心良苦之处。

【译文】

王导到了晚年,完全不再处理政事,只是在奏章上画诺批示,表示同意照办。他自己叹息道:"大家都说我糊涂,后人应当会想念这种糊涂吧!"

【原文】

陶公性检厉,勤于事①。作荆州时,敕船官悉录锯木屑,不限多少,咸不解此意②。后正会③,值积雪始晴,听事前除雪后犹湿④,于是悉用木屑覆之,都无所妨。官用竹皆令录厚头⑤,积之如山。后桓宣武伐蜀,装船,悉以作钉⑥。又云:尝发所在竹篙,有一官长连根取之,仍当足⑦。乃超两阶用之⑧。

【注释】

①陶公:即陶侃,字士行,原籍鄱阳郡(今江西南昌)人,后迁居庐江郡寻阳县(今江西九江)。初为县吏,后累迁荆州刺史、侍中、太尉等职,被封为长江郡公。334年病逝,获赠大司马,谥号桓。检厉:方正严肃。

②作荆州:指担任荆州刺史。敕(chì):命令。录:收录,收藏。咸:全,都。

③正会:指元旦(即正月初一)皇帝朝会群臣,接受朝贺的礼仪;封疆大臣也在这一大会见僚属。

④听事:处理政事的大堂。除:台阶。

⑤厚头:指厚的竹根。

⑥桓宣武:即桓温,谥号宣武。装船:组装战船。按:西晋惠帝时(304年),李雄据蜀(今四川)建立割据政权,国号成,后改为汉,史称成汉或后蜀;346年桓温兴兵伐蜀,347年3月攻占成都,成汉亡。

⑦发:征发,征调。所在:指所辖区域内。竹篙:撑船用的长竹竿。仍:于是,就。当足:当作竹篙的铁足。按:撑船用的竹篙,为了避免篙头被磨损或破裂,常在篙的下端安装铁箍、铁尖和铁钩,就是铁足;这个官长用竹根代替铁足,既善于取材,又节省了铁足。

⑧两阶:两个等级;晋代把官阶分为九个等级,叫作九品。

【译文】

　　陶侃性格方正严肃,处理事务十分勤勉。他担任荆州刺史时,吩咐负责建造船只的官员把锯木屑全都收藏起来,多少都不限。当时大家都不明白这是什么用意。后来到正月初一朝会群臣时,正碰上连日下雪,天气刚刚转晴,厅堂前的台阶在雪后还是湿漉漉的,于是全用锯木屑铺上,就一点也不妨碍出入了。官府用的竹子,陶侃让把竹根都收集起来,堆积如山。后来桓温讨伐后蜀,要组装战船,这些竹根就都用来做了竹钉了。又有一说是陶侃曾经征收过所辖地区的竹篙,有一个官员把竹子连根砍下,就用根部当作竹篙的铁足。陶侃知道了,便将此人连升两级来重用他。

【原文】

　　桓公在荆州①,全欲以德被江、汉,耻以威刑肃物②。令史受杖,正从朱衣上过③。桓式年少④,从外来,云:"向从阁下过,见令史受杖,上捎云根,下拂地足。"⑤意讥不著。桓公云:"我犹患其重。"⑥

【注释】

　　①桓公:即桓温。按:桓温在晋穆帝永和元年(345年)都督荆、司、雍、梁、益、宁六州诸军事,兼任荆州刺史;荆州包括长江、汉水流域部分地区。
　　②被:覆盖,施加。江、汉:长江和汉水,指荆州地区。肃物:威慑百姓。
　　③令史:官名,掌管文书。正:只,仅仅。朱衣:红色官服。
　　④桓式:桓歆,字叔道,小字式,桓温第三子,官至尚书。
　　⑤向:刚才。阁:官署。捎、拂:意思相近,为轻轻擦过

⑥患:担心。

【译文】

桓温担任荆州刺史的时候,想全部用恩德的方法来对待江、汉地区的百姓,把用威严的刑罚来治理人民看成是可耻的。有一次,一位令史犯错,受杖刑时,木棒只从令史的红色官衣上擦过。当时桓温的三儿子桓式年纪还小,从外面进来,对桓温说:"我刚才从官署门前走过,看见令史在接受杖刑,木棒子举起来时擦着云边,落下时拂过地面。"意思是讥讽桓温根本没有打到令史身上。桓温说:"我还担心打重了呢。"

【原文】

简文为相,事动经年①,然后得过。桓公甚患其迟②,常加劝勉。太宗曰:"一日万机,那得速!③"

【注释】

①简文:即晋简文帝司马昱。按:司马昱在公元366年任丞相,录尚书事,在公元371年登上帝位。动:动辄,动不动。

②桓公:即桓温。迟:迟缓。

③太宗:简文帝的庙号。万机:指日常处理的政务之多。

【译文】

简文帝司马昱担任丞相的时候,一件政务动不动就要超过一年的时间才能得以处理。桓温很担心他办事太慢了,经常对他加以劝说鼓励。简文帝说:"一天有成千上万件政事要处理,哪里能快得了呢!"

【原文】

殷仲堪当之荆州①,王东亭问曰:"德以居全为称,

43

仁以不害物为名②。方今宰牧华夏,处杀戮之职,与本操将不乖乎③?"殷答曰:"皋陶造刑辟之制,不为不贤④;孔丘居司寇之任,未为不仁⑤。"

【注释】

①殷仲堪:东晋陈郡(治今河南淮阴)人。曾任都督荆、益、宁三州军事,荆州刺史,镇威将军,镇江陵(今湖北荆州)。399年被桓玄袭击,兵败被杀。当:将。之:到……去。

②王东亭:即王珣,字元琳,东晋琅邪临沂(今山东临沂)人。丞相王导之孙,中将军王洽之子。初为桓温主簿,累迁尚书左仆射,曾封东亭侯。官至散骑常侍。居全:指具有完美无缺的德行。称:称号,名称。害物:指伤害他人。

③宰牧:掌管,治理。华夏:中国古称华夏,这里指晋朝的中部地区。本操:原本的操守。将:岂,难道。乖:背离。按:据《晋书·殷仲堪传》记载,殷仲堪主张"弘之以道德,运之以神明,隐心以及物,垂理以禁暴",故王珣有此疑问。

④皋陶(yáo):舜时掌管刑法的"理官",被奉为中国司法鼻祖。造:制定。刑辟:刑法,法律。

⑤孔丘:即孔子,名丘,字仲尼。司寇:官名,掌管司法、纠察。孔子曾任鲁国司寇。

【译文】

殷仲堪将要到荆州去担任荆州刺史,东亭侯王珣问他:"具有完美无缺的德行称之为德,不伤害他人称之为仁。现在你要去治理中部地区,处在掌管生杀大权的职位上,这岂不是和你原本的操守相违背了吗?"殷仲堪回答说:"舜时的理官皋陶制订了刑法,不能说他就不贤德了;孔子担任了司寇的官职,也不能说他就不仁爱了。"

文学第四

《文学》是《世说新语》第四门,共104则。文学指辞章修养,包括文辞文采、学术修养、博学多闻等内容。德行、政事、文学、言语,被视为"孔门四科",分别位于本书前四门,可以看出魏晋时代虽然老庄思想和佛教盛行,但也有尊崇儒家思想的一面。

此门记载的内容主要可以分为四类:首先,记载了汉末至魏晋时期名士们对儒、释、道三家经典著作的注解行为和辨析、宣讲活动;其次,记载了当时盛行的清谈活动,这也是本门中记载最多内容的部分,清谈内容包含名理之学、老庄玄理、佛教经义等等,这在当时形成了一种文学风气,甚至会影响到人的仕途和身体;再次,记载了对经典诗句的点评;再次,记载了当时名士们的文学创作活动和表现。本书节选了其中12则。

【原文】

郑玄①在马融②门下,三年不得相见,高足弟子传授而已③。尝算浑天不合④,诸弟子莫能解。或言玄能者,融召令算,一转便决,众咸骇服⑤。及玄业成辞归,既而融有"礼乐皆东"之叹,恐玄擅名而心忌焉⑥。玄亦疑有追,乃坐桥下,在水上据屐⑦。融果转式逐之⑧,告左右曰:"玄在土下水上而据木,此必死矣。"遂罢追。

玄竟以得免⑨。

【注释】

①郑玄:字康成,北海高密(今山东高密)人,东汉末年的经学大师,精通历算。曾入太学学习,又跟从张恭祖、马融学习经学,后边耕种边授课,弟子达数千人;党锢之祸起时,遭禁锢十余年,杜门注疏,潜心著述,达百万余言,世称"郑学",为汉代经学的集大成者;汉献帝曾征为大司农,世人称为郑司农。

②马融:字季长,扶风茂陵(今陕西兴平)人,东汉时期著名经学家。长于古文经学,门人常有千人之多,一生注书甚多,皆已散佚,后人有辑录;历任校书郎、郡功曹、议郎、大将军从事中郎及武都、南郡太守等职;166年离世。

③高足弟子:指优秀的门生、弟子。

④浑天:浑天仪,古代测量天体位置的仪器。不合:违背,不符合。

⑤一转:指转动一次式盘。式盘是古代推算历数或占卜的器具,又称星盘。骇服:惊讶诚服。

⑥既而:不久。礼乐皆东:这里是指郑玄已掌握了儒学礼乐的精髓,随着他东归,东方将成为讲授礼乐的中心。擅名:指独享名声。

⑦据:依靠、凭着。

⑧转式:指转动式盘。

⑨竟:终于,到底。

【译文】

郑玄在马融门下求学,过了三年也没见着马融,只是由马融的高才弟子为他传授学问而已。马融曾用浑天仪测算天体位置,结果不相符合,弟子们也没有谁能解答的。有人说郑玄能演算,马融便叫他来演算,郑玄转动一次式盘就推算出了准确的结果,大家都是又惊奇又佩服。后来,郑玄学业完成,告辞东归返乡。刚离开不久,马融就有了"礼和乐都将要转移到东方去了"的感叹,担心郑玄会独享盛名,心里很是忌惮。郑玄也猜测马融会派人来追杀他,便坐到桥底下,凭借脚上穿着的木屐踏着水面。马融果然旋转式盘,用占卜的方法追寻郑玄的踪迹,然后告诉身边的人说:"郑玄在土下、水上,靠着木头,这表明他必死无疑。"便决定停止追赶。郑玄终于因此得以免于一死。

【原文】

郑玄欲注《春秋传》①,尚未成。时行,与服子慎遇②,宿客舍,先未相识。服在外车上,与人说己注《传》意;玄听之良久,多与己同。玄就车与语曰③:"吾久欲注,尚未了;听君向言④,多与吾同,今当尽以所注与君。"遂为服氏注⑤。

【注释】

①郑玄:字康成,东汉著名经学家。《春秋传》:指《春秋左氏传》,即《左传》。
②服子慎:服虔,字子慎,初名重,又名祇,后更名虔,河南荥(xíng)阳(今属河南)人。东汉著名经学家。曾入太学受业,历任尚书郎、高平令、九江太守等职。
③就:靠近。
④向:刚才。
⑤服氏注:指服虔注解《左传》的著作《春秋左氏传解谊》。

【译文】

郑玄打算注解《左传》,还没有完成。这时有事到外地去,在途中和服子慎相遇,两人住宿在同一家客店里。两人之前并不认识对方。服子慎在店外的车子上,跟别人谈起自己注《左传》的想法,郑玄在一旁听了很久,觉得服子慎的见解多数和自己相同。于是郑玄就走近车子,对服子慎说道:"我早就想要注解《左传》,但还没有完成。听了您刚才的言论,大多数观点和我相同,现在我应当把我已作的注全部送给您。"于是就有了服氏注解的《春秋左氏传解谊》。

【原文】

服虔既善《春秋》,将为注,欲参考同异①。闻崔烈集门生讲传②,遂匿姓名,为烈门人赁作食③。每当至讲时,辄窃听户壁间④。既知不能逾己,稍共诸生叙其短长⑤。烈闻,不测何人,然素闻虔名,意疑之。明蚤往,及未寤⑥,便呼:"子慎!子慎!"虔不觉惊应,遂相与友善。

【注释】

①服虔:字子慎,东汉著名经学家。善:擅长,长于。《春秋》:是鲁国的一部编年体史书,这里指《春秋左氏传》。同异:偏义复词,即"异",指差异,不同。

②崔烈:字威考,东汉幽州涿郡安平(今河北安平)人,幽州名士,善于《左传》。历任太守、司徒、太尉等职。190年被董卓逮捕入狱,192年出狱后担任城门校尉;同年六月,在与李傕、郭汜率领的凉州军作战中壮烈殉国。门生:指学生。传:注解经义的文字,这里指《左传》。

③门人:门生,弟子。赁:做雇工。作食:做饭。

④户壁间:指门外。

⑤稍:渐渐,逐渐。短长:指优缺点。

⑥蚤:通"早"。寤(wù):睡醒。

【译文】

服虔对《左传》很有研究,将要给它做注解,想参考一下不同的意见。他听说崔烈召集学生讲授《左传》,便隐姓埋名,去给崔烈的学生做雇工,为他们做饭。每到崔烈讲课的时候,他就躲在门外偷听。等他了解到崔烈不能超过自己以后,便渐渐地和崔烈的那些学生讲述崔烈所讲内容的优缺点。崔烈听说后,不能确定这个人是谁,可是一向听说过服虔的名声,心里便怀疑是他。第二天一大早就来到服虔的住处,趁他还没睡醒的时候,便突然叫道:"子慎!子慎!"服虔猛然惊醒,并不自觉地就答应了一声。于是两人就结为了知交好友。

【原文】

钟会撰《四本论》始毕①,甚欲使嵇公一见②。置怀中,既定,畏其难,怀不敢出,于户外遥掷,便回急走③。

【注释】

①钟会:字士季,三国魏颍川长社(今河南长葛)人。为著名书法家钟繇(yóu)之子。官至司徒,封东武亭侯,后因谋反被杀。《四本论》:论及才、性同异离合的文章,四本指的是才性同、才性异、才性合、才性离。按:才性之学是一种名理之学,是魏晋之际品评人物的标准和原则的学说,也是魏晋玄学的一部分;才指人的才能,性指的是决定人的才能的内在品质。

②甚:很。嵇公:指嵇康。

③既定:到了那里之后。难:问难,质疑。走:跑。

【译文】

钟会撰写了《四本论》,刚刚完成,很想让嵇康看一看。他把文章揣在怀里,来到嵇康家门口,又怕嵇康质疑问难,揣着不敢拿出来,从门外远远地将文章扔进去,便转身急急忙忙地跑开了。

【原文】

客问乐令"旨不至"者①,乐亦不复剖析文句,直以麈尾柄确几曰②:"至不?"客曰:"至。"乐因又举麈尾曰:"若至者,那得去?"于是客乃悟服③。乐辞约而旨达④,皆此类。

【注释】

①乐令:即乐广,曾任尚书令,故称乐令。旨不至:旨同"指",出自《庄子·天下》,原文为"指不至,至不绝",大意指接触到了一个物体也并不能达到它的实质,就算达到了也不能穷尽它。这是用一种辩证的相对主义观点来看待问题。乐广后面用麈尾到达桌面又离开的例子,让客人明白"到达"只是相对的。

②直:只是。麈(zhǔ)尾:魏晋名士清谈时用的雅器。确:同"推",敲击。几:几案。

③悟服:领悟信服。

④约:简约,简要。达:畅通,明白。

【译文】

有位客人问尚书令乐广"旨不至"这句话的意思,乐广也不再分析这句话的词句,只是用麈尾柄敲着几案,问道:"到达了没有?"客人回答说:"到达了。"乐广于是又举起麈尾,问说:"如果达到了,又怎么能离开呢?"这时客人才领悟过来,对乐广的解释信服不已。乐广解释问题时言辞简明扼要,意思通畅明了,都和上面这个例子类似。

【原文】

卫玠始度江,见王大将军①。因夜坐,大将军命谢幼舆②。玠见谢,甚说之,都不复顾王,遂达旦微言③,

王永夕不得豫④。玠体素羸,恒为母所禁,尔夕忽极,于此病笃,遂不起⑤。

【注释】

①卫玠:字叔宝,河东安邑(今山西夏县)人。太保卫瓘之孙。晋朝清谈名士、玄学家,中国古代四大美男之一。官至太子洗马。度江:即渡江,度通"渡";西晋末期,皇室南渡过江,于建康(今江苏南京)建立东晋政权,北方士族大都随之渡江避难。王大将军:即王敦,字处仲,琅邪临沂(今山东临沂)人。晋武帝司马炎女婿。善于清谈。曾任大将军,拥重兵屯据武昌。后起兵谋反,病逝于军中。

②命:招来。谢幼舆:谢鲲,字幼舆,曾在王敦手下任长史。

③说:通"悦"。都:完全。达旦:整整一夜,一直到天亮。微言:精微之言,即玄谈。

④永夕:通宵,整夜。豫:通"与",参加。

⑤素:平素,向来。尔夕:那一夜。极:极度疲累。不起:比喻疾病不能痊愈。

【译文】

卫玠刚渡江到江南不久,去拜见大将军王敦。因为准备在夜里坐谈玄理,大将军便召谢幼舆前来作陪。卫玠一见到谢幼舆,就非常喜欢他,完全不再顾及王敦了。于是两人一直交谈到第二天早晨,王敦整夜都不能参与其中。卫玠平素身体一向很虚弱,常常被他母亲禁止与人长谈,这一夜忽然极度劳累,因此病情加重,卧床不起,后来病逝了。

【原文】

褚季野语孙安国云①:"北人学问,渊综广博。②"孙答曰:"南人学问,清通简要。③"支道林闻之④,曰:"圣贤固所忘言⑤。自中人以还,北人看书,如显处视月;南人学问,如牖中窥日。⑥"

【注释】

①褚季野:即褚裒(chǔ póu),字季野,晋河南阳翟(今河南禹州)人。曾任豫章太守、江州刺史、卫将军、中书令等职。后进号征兆大将军。349年北伐后赵失利,次年病逝。追赠侍中、太傅。孙安国:即孙盛,字安国,东晋太原中都(今山西平遥)人。博学,善清谈,著作颇丰。官至秘书监加给事中。后世称为孙监。

②北人:指黄河以北的人。渊综:深厚透彻,且融会贯通。

③南人:指黄河以南的人。清通:清明通达。按:褚季野是河南阳翟(今河南禹州)人,在黄河以南;孙安国是太原中都(今山西平遥)人,在黄河以北。两人互相推重,赞美对方。

④支道林:支遁,字道林,陈留(今河南开封)人。世称林公。东晋高僧、佛学家、文学家。

⑤忘言:指心中领会,不须用言语来说明。

⑥中人:中等人,指具有中等才质的人。以还:以下。显处视月:在视野开阔处看月亮,比喻治学的范围广博,但不精深。牖(yǒu)中窥日:牖即窗户,指从窗户中看太阳。比喻做学问很专一透彻,但视野不开阔,见识不广。

【译文】

褚季野对孙安国说:"北方人做学问,深厚广博而且融会贯通。"孙安国回答说:"南方人做学问,清明通达而且简明扼要。"支道林听到后说:"对于圣贤,自然不需要用言语来评说。对于中等才质以下的人来说,北方人读书,像是在视野开阔的地方看月亮,广而不深;南方人做学问,如同是从窗户里看太阳,深而不广。"

【原文】

　　人有问殷中军:"何以将得位而梦棺器,将得财而梦矢秽?"①殷曰:"官本是臭腐,所以将得而梦棺尸;财本是粪土,所以将得而梦秽污。"时人以为名通②。

【注释】

①殷中军:即殷浩,字渊源,陈郡长平(今河南西华)人。曾任中军将军,353年率兵北伐,兵败,被废为庶人。356年病逝,诏追复本官。得位:得到官位或爵位,即晋升。棺器:棺材。矢:同"屎"。

②名通:名言通论。

【译文】

　　有人问中军将军殷浩:"为什么将要得到官爵就会梦见棺材,将要得到钱财就会梦见粪便?"殷浩回答说:"官位、爵位本来就是腐臭的东西,因此将要得到它时就会梦见棺材尸体;钱财本来就是粪土,因此将要得到它时就会梦见肮脏的东西。"当时的人认为这是名言通论。

【原文】

　　谢公因子弟集聚,问:"《毛诗》何句最佳?"①遏称曰:"昔我往矣,杨柳依依;今我来思,雨雪霏霏。"②公曰:"訏谟定命,远猷辰告。"③谓此句偏有雅人深致④。

【注释】

①谢公:即谢安。《毛诗》:即《诗经》,是周代的一部诗歌总集,现在流传下来的是由毛亨作传的,又称毛诗。

②遏:指谢玄,字幼度,小字遏,谢安之侄。"昔我"两句:出自《诗经·小雅·采薇》,大意是:当初我离家出征时,杨柳随风轻轻摆动;如今我

53

回到家乡,雪花纷飞漫天飘扬。思:语末助词。

③"讦谟(xū mó)"句:出自《诗经·大雅·抑》,大意是:以宏伟的谋略来制定政令,把长远的打算及时宣告于众。讦谟:远大宏伟的谋划。远猷(yóu):长远的打算。辰:及时。

④偏:很,最,特别。雅人:高尚文雅的人。深致:深远的意趣。按:谢安和谢玄分别是从政治角度和文学角度来评判诗句的;谢安非常重视对子侄们的培养,这里应有抑制谢玄过于文学化的情怀,培养其政治家气概的意图。

【译文】

谢安趁子侄们聚会在一起的时候,问道:"你们觉得《诗经》里面哪一句最好?"谢玄称赞说:"我觉得最好的一句是'昔我往矣,杨柳依依;今我来思,雨雪霏霏。'"谢安说:"最好的一句应该是'讦谟定命,远猷辰告'。"他认为这一句最有高尚文雅之士的深远意趣。

【原文】

文帝尝令东阿王七步中作诗,不成者行大法①。应声便为诗曰:"煮豆持作羹,漉菽以为汁②。萁在釜下燃,豆在釜中泣③。本自同根生,相煎何太急④!"帝深有惭色。

【注释】

①文帝:魏文帝曹丕。字子桓,曹操的次子。220年代汉自立,国号魏,在位七年。谥号为文皇帝,故称文帝。东阿王:即曹植,字子建,沛国谯(今安徽亳州)人,曹丕同母弟,与曹操、曹丕合称为"三曹";早年随父西征,因功被封为临淄侯;曹丕即位后将其数次徙封,被封安乡侯、鄄城侯、雍丘王、东阿王、陈王等;232年病逝,谥号思。大法:大刑,重刑,这

里指死刑。

②羹:用肉(或肉菜相杂)调和五味做的有浓汁的食物。漉(lù):过滤。菽(shū):豆类的总称。诗句大意是:把豆子煮熟做成豆羹汤,把豆渣滤掉做成豆汁。

③萁:豆秸,豆茎。釜(fǔ):铁锅。诗句大意是:豆秸在锅下燃烧,而豆子在锅中哭泣。

④诗句大意是:豆子和豆秸本来是同根所生,豆秸又何必如此急迫地煎熬豆子!

【译文】

魏文帝曹丕曾经命令东阿王曹植在七步之内作成一首诗,作不出来的话,就要被处死。曹植应声便作成一诗:"煮豆持作羹,漉菽以为汁。萁在釜下燃,豆在釜中泣。本自同根生,相煎何太急!"魏文帝听了,深感惭愧。

【原文】

左太冲作《三都赋》初成,时人互有讥訾,思意不惬①。后示张公,张曰:"此二京可三②。然君文未重于世,宜以经高名之士。"思乃询求于皇甫谧③。谧见之嗟叹,遂为作叙。于是先相非贰者,莫不敛衽赞述焉④。

【注释】

①左太冲:左思,字太冲,齐国临淄(今山东淄博)人,西晋文学家,著有《三都赋》《齐都赋》等;晋武帝时,因妹左棻被选入宫,举家迁居洛阳,依附权贵贾谧,为"金谷二十四友"之一,任秘书郎;贾谧被诛后,回归乡里,专心著述,后病逝于家。《三都赋》:三都指魏、蜀、吴三国国都。讥訾(zī):讥笑非议。惬:满意,舒服。

②张公:指张华,字茂先,范阳方城(今河北固安)人。曾任佐著作郎、中书郎、中书令、太常、司空等职。永康元年(300)被赵王司马伦所

杀。编撰有中国第一部博物学著作《博物志》。二京:指东汉班固的《两都赋》和张衡的《二京赋》;两都、二京指汉代的东都(东京)洛阳和西都(西京)长安。二京可三:指《三都赋》可以和《两都赋》《二京赋》鼎足而立,三者齐名。

③询求:请教,征求意见。皇甫谧(mì):字士安,自号玄晏先生,安定郡朝那县(今甘肃灵台)人,后徙居新安(今河南新安),三国西晋时期学者、医学家、史学家。一生以著述为业,其著作《针灸甲乙经》是中国第一部针灸学专著,被誉为"针灸鼻祖",另著有《历代帝王世纪》《高士传》《逸士传》《列女传》等书。

④非贰:非议、怀疑。敛衽:整理衣襟,指表示敬意。赞述:称赞传述。

【译文】

左太冲写了《三都赋》,刚刚写成,当时的人交相对此讥笑非议,左思心里很不舒服。后来他把文章拿给张华看,张华说:"这篇《三都赋》可以和班固的《两都赋》、张衡的《二京赋》鼎足而立,三者齐名啊。可是你的文章还没有受到世人重视,最好通过有威望的名士来向世人推荐。"左思便去向皇甫谧征求对文章的意见。皇甫谧看了这篇《三都赋》,赞叹不已,就为这篇赋写了一篇序文。于是先前非议、怀疑这篇赋的人,又都怀着敬意来赞美传扬它了。

【原文】

庾仲初作《扬都赋》成,以呈庾亮①。亮以亲族之怀,大为其名价,云:"可三《二京》,四《三都》。②"于此人人竞写,都下纸为之贵。谢太傅云:"不得尔,此是屋下架屋耳,事事拟学,而不免俭狭。③"

【注释】

①庾仲初：即庾阐，字仲初，颍川鄢陵（今河南鄢陵）人，和太尉庾亮是同宗族。曾任尚书郎、散骑侍郎、给予中等职。著有《扬都赋》，为世所重。

②二京：指班固的《两都赋》和张衡的《二京赋》。三都：指左思的《三都赋》。三、四：指并列为三，并列为四。

③谢太傅：即谢安。屋下架屋：在屋子里再建屋子，比喻结构、内容重复，这里指与《二京》《三都》重复。拟学：模仿。俭狭：内容贫乏，眼界狭隘。

【译文】

庾仲初写完了《扬都赋》，把它呈送给庾亮看。庾亮出于同宗族的情分，大力抬高这篇赋的身价，说："这篇赋可以和班固的《两都赋》、张衡的《二京赋》三足鼎立，可以和前两篇以及左思的《三都赋》四文并列。"从此人人争相传抄《扬都赋》，京都建康的纸张也因此涨价了。太傅谢安说："不能这样写，这是在屋子里面再造屋呀！如果写文章处处都模仿别人，就免不了内容贫乏，眼界狭隘了。"

方正第五

《方正》是《世说新语》第五门，共 66 则。方正指人的行为、品性正直无邪。德行方正也是我们民族一贯看重的优良品德，汉文帝时，诏令"举贤良方正能直言极谏者"，以德行方正作为取士的主要标准，后成为制科之一。本门主要记载了在对待政事、性格特征、遵守礼制等方面表现出来的方正品质。首先，在对待政事时，要能够做到不畏强权，敢于直谏，坚持正确的观点；要不慕权势，远离奸佞，忠君爱国，不畏死亡。其次，在性格特征上，德行方正表现在为人诚实、性情刚直、疾恶如仇、不畏鬼神等各个方面。再次，在遵守礼制方面，坚持特定时代的道德规范和行为礼节，也是德行方正的一个重要表现，主要表现在：面对失礼的挑衅行为，要勇于还击；注重交往对象和交往礼仪；注重维护魏晋时期的门阀制度，等等。

当然，本门中记载的部分内容可以看出鲜明的时代特征，主要体现在遵守礼制部分，人际交往时，士族与庶族，豪门与寒门界限分明，士族阶层不与常人、小人（即平民百姓）交往，过度注重交往礼仪，从现在的观点来看，这些也被编纂者看成方正，是不太合适的。而且，本门中的有些内容，与方正关联不大。本书节选了其中 12 则。

【原文】

陈太丘与友期行，期日中，过中不至，太丘舍去，去后乃至①。元方时年七岁,门外戏②。客问元方:"尊君在不?"答曰:"待君久不至,已去。"友人便怒,曰:"非人哉!与人期行,相委而去!"③元方曰:"君与家君期日中④。日中不至,则是无信;对子骂父,则是无礼。"友人惭,下车引之,元方入门不顾⑤。

【注释】

①陈太丘:即陈寔,字仲弓,曾任太丘长。期:约定时间。日中:日到中天,中午。舍:舍弃,不管。

②元方:陈纪,字元方,陈寔长子。戏:玩耍。

③委:抛弃。

④家君:对他人称呼自己的父亲。

⑤引:招引,拉。顾:回头。

【译文】

太丘长陈寔和朋友约好一同外出,约定的时间是中午,过了中午,朋友还没有来,陈寔不再等他,自己先走了。他走了以后,那位朋友才到。当时陈寔的大儿子元方才七岁,正在门外玩耍。那个客人问元方:"你父亲在家吗?"元方回答说:"我父亲等了您很久,见您不来,已经先走了。"那位朋友便生起气来,说道:"真不是人呀!和别人约好一起走,却把别人扔下不管,自己先走了!"元方说:"您跟我父亲约定的时间是中午。到了中午还不来,这是没有信用;对着别人的儿子骂他的父亲,这是没有礼貌。"那位朋友听了后感到很惭愧,就下车来招呼他。元方掉头就进家门了,根本没回头看他一眼。

【原文】

夏侯玄既被桎梏①,时钟毓为廷尉②,钟会先不与玄相知,因便狎之③。玄曰:"虽复刑余之人,未敢闻命。④"考掠初无一言,临刑东市,颜色不异⑤。

【注释】

①夏侯玄:字太初(一作泰初),沛国谯(今安徽亳州)人,夏侯尚之子、夏侯霸之侄;世袭父爵昌陵乡侯,曾任黄门侍郎、散骑常侍、征西将军、大鸿胪、太常等职;254 年 2 月,因卷入谋杀大将军司马师事件,被杀,时年 46 岁。桎梏(zhìgù):中国古代的刑具,在足曰桎,在手曰梏,类似于现代的手铐、脚镣;这里用作动词,指拘捕。

②钟毓(yù):字稚叔,颍川长社(今河南长葛)人。三国时期魏国大臣,太傅钟繇之子、司徒钟会之兄。十四岁即任散骑侍郎,后任魏郡太守、侍中、廷尉,累迁尚书,加后将军。廷尉:官名,九卿之一,掌管诉讼刑狱之事。

③钟会:字士季,钟毓之弟。因便:顺便,趁机。狎(xiá):亲近而不庄重。按:钟会因夏侯玄为名士,曾经想与他结交,被拒绝了。

④刑余之人:受过刑的人。未敢闻命:指不愿与其交往。闻命,听从命令。

⑤考掠:拷打。初无:全无。东市:行刑的地方,法场;汉代在长安东面的市场行刑,故后代通称法场为东市。

【译文】

夏侯玄被戴上了手铐、脚镣关进监牢,当时钟毓任廷尉,他弟弟钟会之前和夏侯玄不是互相知心的朋友,这时趁机对夏侯玄表示亲近之情,态度很不庄重。夏侯玄说:"我虽然是罪人,但也不敢遵从您的命令。"他经受刑讯拷打时,自始至终不出一声,等到押赴法场行刑时,也依然是面不改色。

【原文】

　　山公大儿著短帢,车中倚①。武帝欲见之,山公不敢辞,问儿,儿不肯行②。时论乃云胜山公③。

【注释】

①山公:指山涛,字巨源,"竹林七贤"之一。大儿:即山该,字伯伦,河内郡怀(今河南武陟)人,山涛长子,官至太子左率卫,死后追赠长水校尉。短帢(qià):古代士人戴的一种丝织的便帽;戴帢帽见客,是种不合礼节的做法。
②武帝:即晋武帝司马炎。辞:推辞。
③胜山公:胜过山涛;山公大儿戴的是便帽,因不合礼法,所以拒绝去见皇帝,而山涛却不敢替他推辞,时论便认为他儿子更优胜一筹。

【译文】

　　山涛的大儿子山该戴着一顶便帽,依靠在车上。晋武帝想召见他,山涛不敢拒绝武帝的旨意,就过来问他儿子的意见,他儿子不肯去见武帝。当时的舆论就认为这个儿子胜过山涛。

【原文】

　　王太尉不与庾子嵩交①,庾卿之不置②。王曰:"君不得为尔。③"庾曰:"卿自君我,我自卿卿④;我自用我法,卿自用卿法。"

【注释】

①王太尉:指王衍,字夷甫,晋琅邪临沂(今山东临沂)人。曾任太尉,故称王太尉。庾子嵩:庾敳(ái),字子嵩,晋颍川鄢陵(今河南鄢陵)人。爱读《老子》《庄子》,为王衍所重。官至豫州长史。交:指深交。

②卿：对官爵、辈分低于自己的人或同辈之间的亲热、不拘礼节的称呼。不置：不止，不停。按：庾子嵩官至豫州长史，职位在太尉之下，不应用"卿"来称呼王太尉。

③君：相当于"您"，对对方的尊称。按：王太尉对庾子嵩原是可以称呼"卿"的，可是他用了尊称的词。

④君我：称呼我为"君"；君，动词，称呼为君。卿卿：称呼你为"卿"；前一个卿为动词，称呼为卿；后一个卿，代词，你。

【译文】

太尉王衍和庾敳交情不深，可是庾敳却不停地用"卿"来称呼他。王衍说："您不应该这样称呼我。"庾敳回答说："你可以称呼我为'君'，我自然可以称呼你为'卿'；我用我自己的叫法，你用你自己的叫法。"

【原文】

阮宣子伐社树，有人止之①。宣子曰："社而为树，伐树则社亡；树而为社，伐树则社移矣。②"

【注释】

①阮宣子：即阮修，字宣子，阮籍族子，阮咸从子。不信鬼神，且长于清谈。历任鸿胪丞、太傅参军、太子洗马。社：土地神或者土地庙。

②社而为树：土地庙是为了社树而建立的。树而为社：社树是为了土地庙而种的。

【译文】

阮宣子要砍掉土地庙的树，有人不让他砍。宣子说："如果土地庙是为了社树而建立，那么砍了社树，土地神就不存在了；如果社树是为了土地庙而种的，那么砍了社树，土地神也就迁走了。"

【原文】

　　阮宣子论鬼神有无者。或以人死有鬼①,宣子独以为无,曰:"今见鬼者云著生时衣服②,若人死有鬼,衣服复有鬼邪?"

【注释】

①或以:有的人认为。
②著:同"着"。生时:活着的时候,生前。

【译文】

　　阮宣子与人谈论鬼神的有无问题。有人认为人死后会变成鬼,唯独宣子认为没有鬼,他说:"现在有自称看见过鬼的人,说鬼还穿着活着时候的衣服,如果人死了会变成鬼,那么衣服也会变成鬼吗?"

【原文】

　　王含作庐江郡,贪浊狼籍①。王敦护其兄,故于众坐称:"家兄在郡定佳,庐江人士咸称之。"时何充为敦主簿②,在坐,正色曰:"充即庐江人,所闻异于此。"敦默然。旁人为之反侧,充晏然,神意自若③。

【注释】

①王含:字处弘,晋琅邪临沂(今山东临沂)人,是王敦的哥哥。曾任庐江太守、徐州刺史、光禄勋等职。与其弟王敦谋反,战败,被杀。作庐江郡:指任庐江郡太守,以地名代官位。贪浊:贪污。狼籍:同"狼藉",指行为不检,名声不好。
②何充:字次道,庐江灊县(今属安徽霍山)人。历经多朝,死后赠司空。

③反侧：身体翻来覆去，形容心情惶恐不安。晏然：安宁，安适，心情平静的样子。

【译文】

王含任庐江郡太守时，贪赃枉法，声名狼藉。王敦祖护他哥哥，一次特意在大家面前赞扬他说："我哥哥在郡内一定政绩很好，庐江人士都称颂他。"当时何充在王敦手下任主簿，也在座，他严肃地说："我就是庐江人，我所听到的和您说的不一样。"王敦听了，沉默不语。旁人都替何充感到惶恐不安，但何充却心情平静，坦然自若。

【原文】

孔君平疾笃，庾司空为会稽，省之，相问讯甚至，为之流涕①。庾既下床，孔慨然曰："大丈夫将终，不问安国宁家之术，乃作儿女子相问！"②庾闻，回谢之，请其话言③。

【注释】

①孔君平：孔坦，字君平。庾司空：庾冰，字季坚，庾亮弟，死后赠司空。为会稽：指任会稽内史。省：看望。问讯：问候。甚至：至极，到达顶点。

②乃：竟然。儿女子：指妇孺之辈。

③谢：道歉。话言：有益的话。

【译文】

孔君平病得很重，司空庾冰当时任会稽内史，前去探望他，态度万分殷勤地问候病情，并因为他的病情而伤心流泪。庾冰离座告辞时，孔君平感慨地说道："大丈夫都快要死了，也不问问使国家安宁的计策，竟然只像妇道人家一样来问候我的病情！"庾冰听见了，便返回向他道歉，请他留下教诲之言。

【原文】

桓大司马诣刘尹,卧不起①。桓弯弹弹刘枕,丸迸碎床褥间。刘作色而起曰:"使君如馨地,宁可斗战求胜!"②桓甚有恨容。

【注释】

①桓大司马:即桓温,字元子,曾任大司马。刘尹:即刘惔(dàn),字真长,沛国相县(今属安徽)人。历任司徒左长史、侍中丹阳尹等,史称"刘尹"。

②作色:现出怒色。使君:对州郡长官的称呼;桓温曾任徐州刺史,刘惔是徐州人,便称桓温为使君。如馨地:晋宋时俗语,犹如此、这样。宁可:岂可,难道能够。斗战:指战斗。

【译文】

大司马桓温去探望丹阳尹刘惔,刘惔当时躺着还没起床。桓温拉开弹弓去弹刘惔的枕头,弹丸在床和被褥之间迸碎了。刘惔生气地起了床,说道:"使君怎么这样?难道这样就能够在战斗中获胜!"桓温听了,脸上出现了非常愤恨的神色。

【原文】

王述转尚书令,事行便拜①。文度曰:"故应让杜许。②"蓝田云:"汝谓我堪此不?"文度曰:"何为不堪!但克让自是美事,恐不可阙。③"蓝田慨然曰:"既云堪,何为复让?人言汝胜我,定不如我。"

【注释】

①王述:字怀祖,晋太原晋阳(今山西太原)人。承袭父爵蓝田侯,故下文又称蓝田,曾任宛陵令、临海太守、会稽内史、尚书令等职。转:调动官职,指升官。事行:事情实现,指诏命下达。拜:接受官职。

②文度:即王坦之,字文度,尚书令王述之子。少有重名,承袭父爵蓝田侯,官左卫将军。与谢安等人共辅孝武帝。出为徐、兖二州刺史。375年病逝。让:谦让。杜许:事迹未详。

③堪:能,足以,指胜任。克让:谦让。

【译文】

王述升任尚书令时,诏命下达后就接受了官职。他的儿子王文度说:"你应该先把职位谦让给杜许。"王述说:"你认为我能胜任这个职务吗?"文度说:"怎么可能不胜任!不过先谦让一下总是好事,而且这在礼节上恐怕不可缺少。"王述感慨地说:"既然说我能胜任此职,为什么又要谦让呢?人家都说你胜过我,我看绝对不如我啊。"

【原文】

孙兴公作《庾公诔》,文多托寄之辞①。既成,示庾道恩②。庾见,慨然送还之,曰:"先君与君,自不至于此。③"

【注释】

①孙兴公:孙绰,字兴公,太原中都(今山西平遥)人,生于会稽(今浙江绍兴)。袭父爵为长安侯,曾任永嘉太守、散骑常侍、著作郎等职。庾公:指庾亮。诔:古时叙述死者生平,表示哀悼之情的文体。托寄:指寄托情谊。

②庾道恩:庾羲,字叔和,小字道恩,颍川鄢陵(今河南鄢陵)人,庾

亮第三子。曾任吴国内史、建威将军。

③先君:已故的父亲。

【译文】

孙兴公写了《庾公诔》,文中有很多寄托情谊的言辞。文章写好了,拿去给庾道恩看。庾道恩看了以后,气愤地送还给他,说:"先父和您的交情,还不至于达到这一步。"

【原文】

刘真长、王仲祖共行,日旰未食①。有相识小人贻其餐,肴案甚盛,真长辞焉②。仲祖曰:"聊以充虚,何苦辞!"真长曰:"小人都不可与作缘。③"

【注释】

①刘真长:指刘惔,字真长。王仲祖:王濛,字仲祖,太原晋阳(今山西太原)人。官至司徒左长史。旰(gàn):天色晚。

②小人:指平民百姓。贻:赠送。肴案:指菜肴;案,食盘。

③作缘:结缘,结交,即交朋友。

【译文】

刘真长、王仲祖一起外出,天色晚了还没有吃饭。有个认识他们的平民百姓送来饭食给他们吃,菜肴很丰盛,刘真长辞谢了。王仲祖说:"暂且用它们来充饥啊,何苦要推辞掉!"刘真长说:"跟平民百姓都不可以交朋友的。"

雅量第六

《雅量》是《世说新语》的第六门，共42则。雅量指豁达宽宏的气度。魏晋时期，士族名士特别推重雅量，由此雅量成为当时人物品藻的一个重要尺度。本门所记载的就是魏晋名士们的雅量，主要表现在以下几个方面：首先，在对情绪的把握与控制上，主要表现为喜怒哀乐不形于色，即不论遇到任何事情，都能做到神色自若，不异于常。其次，在心态上，主要表现为宽容平和、善于忍耐。再次，在面对危险和突发状况时，能坦然面对，不惧死亡。再次，在人物品性上，具有率真的本性、为人真诚、不为外物所累等特点，也被看作是有雅量。本书节选了其中11则。

【原文】

豫章太守顾劭①，是雍之子②。劭在郡卒，雍盛集僚属，自围棋③。外启信至，而无儿书。虽神气不变，而心了其故；以爪掐掌，血流沾褥。宾客既散，方叹曰："已无延陵之高④，岂可有丧明之责⑤！"于是豁情散哀，颜色自若⑥。

【注释】

①顾劭：字孝则，吴郡吴县（今江苏苏州）人，丞相顾雍长子。娶孙

策女为妻。博览群书,少年时与舅父陆绩齐名。27岁时任豫章太守,在任五年后去世。

②顾雍:字元叹,吴郡吴县(今江苏苏州)人。顾勋之父。少时受学于蔡邕,历任合肥长、上虞令、尚书令、太常等职。225年任丞相、平尚书事,进封醴陵侯。243年去世,谥肃侯。

③在郡:指在郡守之位。自:指亲自。

④延陵:本为地名,这里指延陵季子。即季札,春秋时吴王寿梦第四子,曾受封于延陵,故称延陵季子。传为避王位,"弃其室而耕"于常州武进焦溪的舜过山下。他熟悉礼制,儿子死后,葬丧都合乎礼。孔子曾赞扬他说:"延陵季子之于礼也,其合乎矣!"

⑤丧明:因悲伤过度而失明,古人认为这是不合乎礼的。据《礼记·檀弓上》记载,孔子弟子子夏因儿子死了,哭瞎了眼睛,孔子的另一弟子曾子为此责备他,认为这是子夏的罪过之一。

⑥豁情:敞开胸怀,心情开朗。

【译文】

豫章太守顾勋,是顾雍的儿子。顾勋在豫章太守任内去世,当时顾雍在和僚属们一起聚会,正在亲自和别人下围棋。外面禀报说豫章有送信人到,但是没有他儿子的书信。顾雍虽然神态不变,可是心里已经明白其中的缘故;他用指甲紧紧掐住自己的手掌,以至于血都流了出来,沾湿了座褥。直到宾客全部散去之后,才叹气说:"我已经不可能有延陵季子那样的高风亮节,怎么可以像子夏那样因丧子就哭瞎眼睛,从而遭受世人的指责呢!"于是就敞开胸怀,放松心情,以驱散哀痛之情,很快就神色自若了。

【原文】

嵇中散临刑东市,神气不变,索琴弹之,奏《广陵散》①。曲终,曰:"袁孝尼尝请学此散,吾靳固不与,《广陵散》于今绝矣!"②太学生三千人上书,请以为师,不许。文王亦寻悔焉③。

【注释】

①嵇中散:嵇康,字叔夜,官至曹魏中散大夫,世称嵇中散。东市:行刑的地方,法场;汉代在长安东面的市场行刑,故后代通称法场为东市。广陵散:古琴曲。按:嵇康曾得罪司隶校尉钟会,后因好友吕安被捕受到牵连,遭到钟会诬陷,被司马昭处死。

②袁孝尼:袁准,字孝尼。仕魏未详。入晋拜给事中。靳(jìn)固:吝惜,不肯给予。绝:绝迹,失传。

③文王:指司马昭,生前曾封晋王,死后谥文王。其子司马炎称帝后,追谥为文帝。寻:不久,很快。

【译文】

中散大夫嵇康被押赴刑场,将要被处决,但他依然神色不变,索要琴来弹奏,弹奏的曲子是《广陵散》。弹奏完后,他说:"袁孝尼曾经请求学这支曲子,我因为舍不得,就不肯传给他,《广陵散》从今以后就要失传了!"当时,三千名太学生一起上书,请求拜嵇康为师,朝廷不准许。嵇康被杀后,晋文王司马昭很快就后悔了。

【原文】

王戎七岁,尝与诸小儿游,看道边李树多子折枝,诸儿竞走取之,唯戎不动①。人问之,答曰:"树在道边而多子,此必苦李。"取之,信然②。

【注释】

①王戎:字濬冲,琅邪临沂(今山东临沂)人,"竹林七贤"之一。承

袭父爵贞陵亭侯。后因参与伐吴有功封安丰县侯,故人称王安丰。曾任侍中、光禄勋、尚书令、司徒等职。折枝:使树枝弯曲。竞走:争先而走。
②信然:确实这样。

【译文】

王戎七岁的时候,有一次和一些小孩儿一起游玩。看见路边的李树上结了很多李子,把树枝都压弯了。小孩儿们争先恐后地跑去摘李子,只有王戎站着不动。别人问他为什么不去摘李子,他回答说:"李子树就长在路边,树上却还有这么多李子,这一定是苦的李子。"把李子拿过来一尝,果真是苦的。

【原文】

王夷甫尝属族人事,经时未行①。遇于一处饮燕,因语之曰:"近属尊事,那得不行?②"族人大怒,便举樏掷其面③。夷甫都无言,盥洗毕,牵王丞相臂,与共载去④。在车中照镜,语丞相曰:"汝看我眼光乃出牛背上。⑤"

【注释】

①属(zhǔ):通"嘱",嘱托,委托。经时:经历很长时间。
②燕:同"宴"。那得:何以能够,怎么。
③樏(lěi):古代一种盛食物的食盒,像盘子,中间有隔挡。
④都:全,完全。王丞相:即王导。共载:同乘一辆车。
⑤眼光乃出牛背上:眼光往牛背之上看;驾驶牛车时,牛背是挨鞭打之处,眼光往牛背之上看,即不看受鞭打之处。王衍的意思是指自己心胸宽广,不去计较刚才挨打受辱之类的小事。

【译文】

王夷甫曾经嘱托族人帮忙办件事,过了很长时间族人还没办。后来两人在一次聚会喝酒时碰到了,王夷甫便问那位族人:"原先托付您办的事,怎么还不去办呢?"族人非常生气,就举起食盒扔到了他脸上。王夷甫一句话都没有说,去清洗干净后,挽着丞相王导的手臂,和他一起坐车走了。王夷甫在车里照着镜子来查看脸上的伤情,并对王导说:"你看,我的眼光是往牛背之上看呢。"

【原文】

刘庆孙①在太傅②府,于时人士多为所构,唯庾子嵩纵心事外,无迹可间③。后以其性俭家富,说太傅令换千万,冀其有吝,于此可乘④。太傅于众坐中问庾,庾时颓然已醉,帻堕几上,以头就穿取⑤,徐答云:"下官家故可有两娑千万,随公所取。⑥"于是乃服。后有人向庾道此,庾曰:"可谓以小人之虑,度君子之心。"

【注释】

①刘庆孙:刘舆,字庆孙,中山魏昌(今河北无极)人,司空刘琨之兄。曾任散骑侍郎、中书侍郎、颍川太守、魏郡太守、左长史等职,封定襄侯;死后追赠骠骑将军,谥曰贞。

②太傅:指司马越,字元超,河内温县(今河南温县)人,高密文献王司马泰长子,"八王之乱"参与者之一。封东海王,曾任尚书右仆射、中书令、司空、太傅等职。晋怀帝司马炽继位后,任丞相,辅政期间内忧外患不断。公元311年,病死于讨伐石勒途中,八王之乱终结。东晋年间追谥孝献。

③构:罗织罪状陷害人。纵心:放开心思,不关心事情。间:离间。

④俭:节俭,节省。换:借。

⑤颓然:形容精神不振的样子。帻(zé):又称巾帻,古代汉族男子包裹鬓发、遮掩发髻的巾帕。几:坐时靠着或放物品的小桌子。

⑥娑(suō):助词。犹言两个千万也。

【译文】
　　刘庆孙在太傅司马越府中任职,在这期间,他罗织罪状陷害了很多人,只有庾子嵩超然世外,使他没有机会可以挑拨离间。后来就抓住庾子嵩生性节俭而家境富裕这点,说服太傅司马越向庾子嵩借一千万钱,希望他表现吝啬不肯借出钱来,然后在这里找到可乘之机。于是太傅就在大庭广众中间向庾子嵩借钱,这时庾子嵩已经喝得酩酊大醉了,头巾掉落在几案上,他把头伸进头巾里戴上,慢慢地回答说:"下官家产大约有两个千万,随您取多少都行。"刘庆孙这才心服口服了。后来有人告诉了庾子嵩这件事,庾子嵩说:"这可以说是以小人之心,度君子之腹。"

【原文】
　　祖士少好财①,阮遥集好屐,并恒自经营②。同是一累,而未判其得失③。人有诣祖,见料视财物;客至,屏当未尽,余两小簏,著背后,倾身障之,意未能平④。或有诣阮,见自吹火蜡屐,因叹曰:"未知一生当著几量屐!"⑤神色闲畅。于是胜负始分⑥。

【注释】
　　①祖士少:祖约,字士少,范阳遒县(今河北涞水)人;初任成皋县令,从事中郎、侍中等职,在见兄祖逖死后接任其豫州刺史一职,并接掌其部众;公元327年,与苏峻一同起兵反叛,兵败后投奔后赵;公元330年,被石勒诛杀。
　　②阮遥集:阮孚,字遥集,东晋陈留尉氏(今河南尉氏)人。阮咸之子。放纵不羁,酷好饮酒,是饮酒史上"兖州八伯"之一。屐:木板鞋,鞋底下多有二齿。经营:料理。

③累:毛病。得失:高下,优劣。

④料视:检点查看。屏当:收拾,整理。簏(lù):竹箱子。障:阻隔,遮挡。意未能平:心神还不能平静,指有点慌张。

⑤蜡屐:用蜡涂在屐上,使它滑润。几量:指几双。

⑥胜负:指高下,优劣。

【译文】

祖士少喜欢钱财,阮遥集喜欢木屐,两人常常都是亲自料理这些东西。两人同样都有一种嗜好,都是一种毛病,可是还不能从此判定两人的高下。有人去拜访祖士少,看见他正在检点查看财物。客人到的时候,他还没有收拾整理完,剩下两个小箱子,他就放在背后,侧身挡着,还有点心神不宁的样子。也有人到阮遥集家,正看见他亲自点火给木屐打蜡,还叹息说:"不知这一辈子还能穿几双木屐!"说话时神态悠闲舒畅。于是两人的高下才见分晓。

【原文】

郗太傅在京口,遣门生与王丞相书,求女婿①。丞相语郗信:"君往东厢,任意选之。"门生归,白郗曰:"王家诸郎亦皆可嘉,闻来觅婿,咸自矜持,唯有一郎在东床上坦腹卧,如不闻。②"郗公云:"正此好!"访之,乃是逸少③,因嫁女与焉。

【注释】

①郗太傅:郗鉴,字道徽,高平金乡(山东金乡)人。曾任兖州刺史、安西将军、尚书令、司空、太尉等职。此处"太傅"当系"太尉"之误。王丞相:即王导。

②白:禀告。矜持:拘谨。坦腹:敞开上衣,露出腹部。按:所以后来

称人女婿为东床或令坦。

③逸少:王羲之,字逸少,是王导的侄儿。

【译文】

太傅郗鉴在京口的时候,派门生给丞相王导送信,想在他家挑个女婿。王导告诉郗鉴派来的人说:"您到东厢房去,随意挑选吧。"门生回去禀告郗鉴说:"王家的那些公子都挺不错,听说是来挑女婿,就都拘谨起来,只有一位公子还在东边床上袒胸露腹地躺着,好像没有听见一样。"郗鉴说:"正是这个好!"后来一查访,原来是王逸少,便把女儿嫁给他了。

【原文】

桓宣武与郗超议芟夷朝臣,条牒既定,其夜同宿^①。明晨起,呼谢安、王坦之入,掷疏示之^②。郗犹在帐内。谢都无言,王直掷还,云:"多!"宣武取笔欲除,郗不觉窃从帐中与宣武言。谢含笑曰:"郗生可谓入幕宾也。^③"

【注释】

①桓宣武:即桓温,字元子,谥号为宣武。郗超:字景兴,郗鉴的孙子。深为桓温所器重。芟(shān)夷:裁减、删削。条牒(dié):分项的文书。

②疏:给皇帝的奏议。

③入幕宾:幕指蚊帐,郗超正在帐中,所以谢安这样嘲讽他;后因称参与机密的幕僚为"入幕宾",亦称"入幕"。

【译文】

桓温和郗超商议撤换朝廷大臣的事,上报名单的文书拟定后,当晚

75

两人一起歇息。第二天早上桓温起来后，就传呼谢安和王坦之进来，把拟好的奏疏扔给他们看。当时郗超还在帐子里没起床。谢安看了奏疏，一句话也没说，王坦之径直扔回给桓温，说："撤换的人太多了！"桓温拿起笔想删去一些，这时郗超不自觉就偷偷地从帐子里和桓温说话。谢安笑着说："郗生可以说是入幕之宾呀。"

【原文】

谢太傅盘桓东山，时与孙兴公诸人泛海戏①。风起浪涌，孙、王诸人色并遽，便唱使还②。太傅神情方王，吟啸不言③。舟人以公貌闲意说，犹去不止④。既风转急，浪猛，诸人皆喧动不坐⑤。公徐云："如此，将无归？"众人即承响而回⑥。于是审其量，足以镇安朝野。

【注释】

①谢太傅：指谢安。盘桓：徘徊，逗留。孙兴公：孙绰，字兴公。泛海：坐船出海。按：谢安在出任官职前，曾在会稽郡的东山隐居，时常和孙兴公、王羲之、支道林等畅游山水。

②孙：即孙绰。王：指王羲之。并：全，全都。遽：惊惧、慌张。唱：提议。

③神情：精神兴致。王：通"旺"。吟啸：吟咏长啸。

④说：通"悦"，愉快。

⑤喧动：喧哗骚动，不宁静。

⑥将无：莫非。承响：应声。

【译文】

太傅谢安在东山隐居期间，时常和孙兴公等人坐船到海上游玩。有一次出游时，海上起了大风，浪涛汹涌，孙兴公、王羲之等人全都惊慌失色,就提议掉转船头回去。谢安这时精神振奋,兴致正高,对着大海高声吟咏长啸,不说要回去的话。船夫因为谢安神态安闲,心情舒畅,便没有停下来,仍然向前划着船。一会儿,风势更急,波浪更猛,大家都叫嚷骚动起来,坐不住了。谢安慢条斯理地说:"这样看来,莫非是该回去了吧?"大家立即响应赞同,于是船就回去了。从这件事里人们看出了谢安的气度,认为他完全能够安定朝廷内外。

【原文】

谢公与人围棋,俄而谢玄淮上信至①,看书竟,默然无言,徐向局②。客问淮上利害,答曰:"小儿辈大破贼。③"意色举止,不异于常。

【注释】

①谢公:即谢安。俄而:不久,一会儿。谢玄:谢安的侄子。淮上:淮水上,指战场上。按:公元383年,前秦苻坚企图灭晋,发动淝水之战,军队号称有百万之众,屯驻淮水、淝水间;当时谢安以征讨大都督的身份负责军事,派他弟弟谢石、侄儿谢玄和谢琰等率军在淝水抵抗苻坚军队,获得大胜。

②竟:终了,完毕。向局:面向棋局。

③利害:指战争的胜负。小儿辈:指子侄一辈,晚辈们;因谢玄是谢安侄子,所以谢安称为"小儿辈"。

【译文】

谢安和客人下围棋,一会儿谢玄从淮水战场上派出的信使到了,谢安看完信,默不作声,又慢慢地转向棋局下起棋来。客人问他战场上的胜败情况,谢安回答说:"晚辈们已经大破贼兵。"说话间,神色举止和平时没有两样。

【原文】

　　王子猷、子敬曾俱坐一室,上忽发火①。子猷遽走避,不惶取屐②;子敬神色恬然,徐唤左右,扶凭而出,不异平常③。世以此定二王神宇④。

【注释】

　　①王子猷:王徽之,字子猷,琅邪临沂(今山东临沂)人。王羲之第五子。善于书法,历任车骑参军、大司马参军、黄门侍郎等职,后弃官东归,居于山阴(今浙江绍兴)。子敬:王献之,字子敬,琅邪临沂(今山东临沂)人。王羲之第七子。少负盛名,才华过人。任秘书郎、司徒左长史、吴兴太守、中书令等职。精习书法,以行书及草书闻名。在书法史上与王羲之并称"二王",有"小圣"之称。上:指房顶上。发火:起火,着火。

　　②遽:匆忙,仓促。不惶:没有时间;惶,通"遑",空闲,闲暇。

　　③扶凭:扶持,搀扶。

　　④神宇:神态器宇,气度。

【译文】

　　王子猷和王子敬兄弟俩曾经同坐在一个房间里,房顶上忽然起火了。子猷急忙逃避,匆忙间连木板鞋也没有时间穿上;子敬却神色安然,从容地叫来随从,搀扶着走出房去,就跟平时一样。世人从这件事上判定出二王神态器宇的高下。

识鉴第七

《识鉴》是《世说新语》第七门，共 28 则。识鉴指有见地和洞察力，具备鉴赏人物的能力。魏晋时代，注重人物品评，而进行人物品评的前提，是要具备识鉴能力。本门主要记载了魏晋时代具备识鉴能力的人物以及他们的言行，主要可以分为以下两类：首先，主要记载了对人物具备识鉴能力、并做出准确预判的人物及其言行，他们通过言行举止、风采面貌、品德才能等，对人物做出准确的鉴赏，或对其将来的成就做出正确的预测，如乔玄、羊祜、卫瓘等。其次，本门还记载了对事件发展具有识鉴能力的人物及其言行，他们具备敏锐的洞察力和预见性，能够见微知著，预见国家的兴亡、世事的得失，如山涛、石勒、王蕴等。本书节选了其中 6 则。

【原文】

　　曹公少时见乔玄①，玄谓曰："天下方乱，群雄虎争，拨而理之，非君乎！然君实乱世之英雄，治世之奸贼②。恨吾老矣，不见君富贵，当以子孙相累。③"

【注释】

　　①曹公：即曹操。乔玄：字公祖，梁国睢阳县（今河南商丘）人，东汉

时期名臣。不畏权势,善于识人;历任汉阳太守、将作大匠、度辽将军、河南尹、司空、司徒、尚书令、光禄大夫、太尉等职;卒于184年。

②拨:治理,整顿。治世:太平盛世。

③累:拖累,指把子孙托付给他。

【译文】

曹操年轻时去拜见乔玄,乔玄对他说:"天下正动乱不定,各路豪雄如猛虎般激烈相争,能整顿乱象、治理国家的人,难道不是您吗!但是您确实是乱世中的英雄,盛世中的奸贼啊。遗憾的是我老了,看不到您富贵的那一天,我想要把我的子孙托付给您。"

【原文】

王夷甫父乂为平北将军,有公事,使行人论,不得①。时夷甫在京师,命驾见仆射羊祜、尚书山涛②。夷甫时总角,姿才秀异,叙致既快,事加有理,涛甚奇之③。既退,看之不辍,乃叹曰:"生儿不当如王夷甫邪?"羊祜曰:"乱天下者,必此子也。"

【注释】

①王乂(yì):字叔元,琅邪临沂(今山东临沂)人。司徒王衍之父。"竹林七贤"之一王戎的叔父。行人:指使者,奉命执行任务的人。论:陈述,这里指向上陈述。

②羊祜(hù):字叔子,泰山南城(今山东平邑)人。立身清廉,德才并高,深得时人敬重。曾任尚书左仆射、征南大将军等职。死后追赠、侍中、太傅。

③总角:指未成年时;据《晋书·王衍传》记载,当时王衍14岁。叙致:叙述事例。

【译文】

王夷甫的父亲王乂,担任平北将军,曾经有件公事,派人去上报,但没找到合适的人来办理。当时王夷甫在京都,就坐车去拜见尚书左仆射羊祜和尚书山涛。王夷甫当时还是少年,风姿才华均优于常人,不但叙述事情干脆利落,而且说明事理时理由充分,所以山涛认为他很不寻常。王夷甫告退后,山涛还是一直不停地看着他,感叹地说:"生儿子难道不该像王夷甫吗?"羊祜却说:"扰乱天下的一定是这个人。"

【原文】

张季鹰辟齐王东曹掾①,在洛,见秋风起,因思吴中菰菜羹、鲈鱼脍②,曰:"人生贵得适意尔,何能羁宦数千里以要名爵!③"遂命驾便归。俄而齐王败,时人皆谓为见机④。

【注释】

①张季鹰:张翰,字季鹰,吴郡吴县(今江苏苏州)人,性格放纵不拘,时人比之为阮籍,号"江东步兵"。齐王司马冏(jiǒng)执政时,辟为大司马东曹掾,后以思乡为由,辞官而归。齐王:即司马冏,字景治,袭封齐王,"八王之乱"中的一王。晋惠帝时任大司马,辅政,公元302年,在诸王的讨伐中被杀。东曹:官名,主管二千石长史的调动等事。掾:副官佐或官署属员。

②菰(gū)菜羹:《晋书·张翰传》和《太平御览》均作"菰菜、莼羹",菰菜、莼羹和鲈鱼脍都为吴中名菜。

③羁宦:寄居在外地做官。要(yāo):求取。

④俄而:不久。见机:看机会,辨形势,洞察事情的苗头。

【译文】

张季鹰担任齐王司马冏的东曹属官,在京都洛阳,他看见秋风起了,便想念起家乡吴中的菰菜、莼羹和鲈鱼脍,说道:"人生最可贵的就是能够顺从心意,怎么能寄居在远离家乡几千里外的地方做官,来求取名声和爵位呢!"于是坐上车就辞官归家乡了。不久齐王司马冏兵败身亡,当时人们都认为张季鹰能洞察事情的苗头。

【原文】

王大将军始下①,杨朗苦谏,不从,遂为王致力②。乘中鸣云露车径前③,曰:"听下官鼓音,一进而捷。"王先把其手曰:"事克,当相用为荆州。④"既而忘之,以为南郡⑤。王败后,明帝收朗,欲杀之⑥。帝寻崩,得免。后兼三公,署数十人为官属⑦。此诸人当时并无名,后皆被知遇⑧。于时称其知人。

【注释】

①王大将军:指王敦。按:本句指晋明帝时王敦起兵反叛、东下京都一事。

②杨朗:字世彦,弘农人,有器识有才量,曾任南郡太守,官至雍州刺史。致力:尽力,竭力。

③中鸣云露车:古代战车的一种,又叫楼车,车上有望楼,用以窥探敌人的虚实。中鸣,指战车中设置鼓锣,以指挥军队进退。

④把:握着。克:攻克,战胜。为荆州:指为荆州刺史。

⑤以为南郡:以其为南郡太守。

⑥明帝:晋明帝司马绍,字道畿。东晋第二位皇帝。永昌元年(322)即位,太守二年(324)平定王敦之乱,全力重用王导,稳定东晋朝局。太宁三年(325)病逝,谥号明皇帝,庙号肃宗。收:逮捕。

⑦三公:官名,指三公曹尚书,主管典选。署:任命。官属:官府属官。按:三公曹尚书是西晋时官职,东晋时已经撤销,杨朗是东晋人,似

不可能任三公曹尚书。

⑧知遇:赏识,厚待。

【译文】

　　大将军王敦刚要进军京都的时候,杨朗极力劝阻他,他没有听从劝告,杨朗最终为他尽力做事。在进攻时,杨朗坐着中鸣云露车径直到王敦面前,说:"听下官的鼓声,一旦进攻就能获得胜利。"王敦握住他的手,预先告诉他说:"战事胜利了,我要任用你为荆州刺史。"很快王敦就忘了这话,把杨朗派到南郡做太守。王敦失败后,晋明帝司马绍下令逮捕了杨朗,想杀掉他。但不久晋明帝就死了,杨朗才得到赦免。后来杨朗兼任三公曹尚书,任用了几十人做属官。这些人在当时都没有什么名气,后来又都得到他的赏识并被重用。当时人们称赞他善于识别人才。

【原文】

　　郗超与谢玄不善①。苻坚将问晋鼎②,既已狼噬梁、岐③,又虎视淮阴矣④。于时朝议遣玄北讨,人间颇有异同之论⑤。唯超曰:"是必济事。吾昔尝与共在桓宣武府,见使才皆尽,虽履屐之间,亦得其任⑥。以此推之,容必能立勋。"⑦元功既举,时人咸叹超之先觉,又重其不以爱憎匿善⑧。

【注释】

①不善:不好。
②苻坚:字永固,十六国时期前秦的君主,357-385年在位。在位前期励精图治,消灭北方多个独立政权,统一北方。383年发动淝水之战,大败。385年被姚苌所害。问晋鼎:指夺取晋室政权;传说夏代铸九鼎,后来鼎便成为作为国家权力的象征。

③狼噬:像狼一样吞噬,比喻凶残的侵占。狼噬梁、岐:指晋孝武帝宁康元年(373),前秦苻坚攻占梁州、益州之事;岐,可能是"益"字之误。

④虎视淮阴:虎视眈眈地注视着淮阴地区。淮阴,县名,属徐州广陵郡,在今江苏淮安北。按:公元379年,苻坚再次南犯,沿淮水的各郡县多沦陷;公元383年又大举南侵,企图灭晋;虎视淮阴,即指此期间事。

⑤间:悄悄地,私下里。异同:偏义词,指"异"。

⑥济事:成事。桓宣武:即桓温,谥号宣武。使才:使用人才。履屐之间:比喻小事儿;履屐,指鞋子。

⑦容:容或,或许,也许。立勋:建立功勋。按:郗超曾任桓温的征西府掾,后改任大司马参军,谢玄也曾任桓温的掾属。

⑧元功:大功。先觉:有预见。善:长处。

【译文】

郗超和谢玄关系不好。苻坚打算出兵夺取晋室政权,已经占据了梁州等地,又虎视眈眈地注视着淮阴地区。当时朝廷商议派遣谢玄带兵去北伐苻坚,人们私下里很有些不赞成的论调。只有郗超赞同,他说:"这个人一定能成事。我过去曾经和他一起在桓宣武的军府共事,发现他用人都能让人尽其才,即使是小事儿,也能使各人得到适当的安排。从这里推断,或许他一定能建立功勋。"大功告成以后,当时的人们都赞叹郗超有先见之明,又敬重他不因为个人的爱憎之情而埋没别人的长处。

【原文】

韩康伯与谢玄亦无深好①。玄北征后,巷议疑其不振②。康伯曰:"此人好名,必能战。"玄闻之甚忿,常于众中厉色曰:"丈夫提千兵,入死地,以事君亲,故发,不得复云为名。③"

【注释】

　　①韩康伯:韩伯,字康伯。
　　②不振:不能振作,不能奋力作战,指打败仗。
　　③常:通"尝",曾经。厉色:说话急躁,脸色严厉,形容对人发怒说话时的神情。丈夫:犹言大丈夫,指有所作为的人。提:率领。死地:比喻危险的境地,这里指战场。君亲:君和亲,偏指君主。发:出兵。

【译文】

　　韩康伯和谢玄也没有什么深的交情。谢玄北上讨伐苻坚后,街谈巷议都怀疑他会打败仗。韩康伯说:"这个人重视自己的名声,一定能奋力战胜对方的。"谢玄听到这话非常生气,曾经在众人面前严厉地说道:"大丈夫率领千军万马进入战场出生入死,是为了报效君主,所以才出征的,不能再说是为了一己之名。"

赏誉第八

《赏誉》是《世说新语》第八门,共 156 则,也是本书记事则数最多的一门。赏誉指鉴赏并赞誉人物。魏晋时期盛行对人物的品评,本门主要记载了汉末魏晋时对当时人士的鉴赏赞誉。评论的主体,多为当时的名士,他们对评论的客体往往非常熟悉和了解;或者没有明确指向,只谓时人、世人、谚等,指当时大家公认的舆论评价。评论的客体,则为当时的名士。从所收录的评语看,他们所品评的内容大致可以分为四个方面:第一,品德性情;第二,仪态风度;第三,识见才能;第四,为人处世。文中用简练优美的言辞评论名士们的高下优劣,从中可以看出魏晋士族阶层的追求和审美标准。本书节选了其中 18 则。

【原文】

陈仲举尝叹曰[1]:"若周子居者,真治国之器[2]。譬诸宝剑,则世之干将。[3]"

【注释】

[1]陈仲举:即陈蕃,字仲举。尝:曾经。
[2]周子居:周乘,字子居,东汉人,举孝廉,为泰山太守。器:人才。
[3]譬诸:譬之于,譬如,打个比方。干将:传说中的宝剑,相传春秋时吴人干将铸成雌雄双剑,雄剑叫干将,雌剑叫莫邪。

【译文】

陈仲举曾经赞叹说:"像周子居这个人,的确是治国的人才。拿宝剑来打个比方,他就是一代宝剑中的干将。"

【原文】

裴令公目夏侯太初①:"肃肃如入廊庙中,不修敬而人自敬。②"一曰:"如入宗庙,琅琅但见礼乐器。③""见钟士季,如观武库,但睹矛戟④。见傅兰硕,江廧靡所不有⑤。见山巨源,如登山临下,幽然深远。⑥"

【注释】

①裴令公:裴楷,字叔则,晋河东闻喜(今属山西)人。曾任河内太守、侍中等职,官至中书令,故称裴令公。夏侯太初:夏侯玄,字太初。

②肃肃:形容恭敬的样子。廊庙:指殿下屋和太庙,后指代朝廷。修敬:恭敬有礼。按:"肃肃"句:源自《礼记·檀弓下》:"社稷宗庙之中,未施敬于民而民敬",大意是:并未让人们致敬意,而人们肃然起敬;这里用了原文之意。

③宗庙:古代天子或诸侯祭祀祖先的地方。琅琅(láng):形容金石撞击的声音,这里指玉石的光彩。礼乐器:礼器和乐器,用于祭祀、行礼、奏乐等。

④武库:武器仓库。但:只,仅,只是。矛戟:矛和戟,这里指代兵器。

⑤傅兰硕:傅嘏(gǔ),字兰石。三国魏时为安门侍郎、河南尹、尚书,以功进封阳乡侯。江廧(qiáng):当作汪翔,《晋书·裴楷传》作"傅嘏汪翔靡所不见",翔、廧,音近借用,即汪洋,广博,浩大。

⑥幽然:形容深远。

【译文】

中书令裴楷评论夏侯太初说:"看到他就好像是进入了朝堂一样,恭恭敬敬的,他并没有让人们对他恭敬有礼,人们却自然会对他肃然起敬。"另一种说法是:"看到他就好像是进入了宗庙之中,只见全是礼器和乐器,琳琅满目。"又评论说:"看见钟士季,好像是在参观武器仓库,满眼的矛和戟,全是兵器。看见傅兰硕,就像是看到一片汪洋大海,浩浩荡荡,无所不有。看见山巨源,就好像是登上山顶往下看,幽然深远啊!"

【原文】

　　王戎目山巨源:"如璞玉浑金,人皆钦其宝,莫知名其器。①"

【注释】

　　①璞玉浑金:未经雕琢的玉石和未经提炼的金子,比喻人的品质真纯质朴。钦:敬佩,看重。名:命名。

【译文】

　　王戎评论山巨源说:"山涛就像是未经雕琢的玉石和未经提炼的金子,人人都看重它是宝物,可是没有谁知道该给它取个什么名字。"

【原文】

　　庾子嵩目和峤①:"森森如千丈松,虽磊砢有节目,施之大厦,有栋梁之用。②"

【注释】

　　①和峤:字长舆,汝南西平(今河南西平)人,曹魏后期至西晋初年大臣。袭父爵上蔡伯,历任太子舍人、颍川太守、中书令等职。晋惠帝时,为太子少傅、光禄大夫。292年,在任上病逝。

　　②森森:高耸的样子。磊砢(luǒ):形容众多、堆积的样子。节目:树

木枝干交接的地方称之为"节",树木纹理纠结不顺的地方称之为"目"。
栋梁:能做房屋大梁的木材,比喻能担当国家重任的人。

【译文】

　　庾子嵩评论和峤说:"好像千丈青松那样的高耸入云,虽然枝节众多,且枝干上有纠结不顺的地方,可是用它来盖高楼大厦,还是可以起到栋梁的作用。"

【原文】

　　张华见褚陶①,语陆平原曰②:"君兄弟龙跃云津,顾彦先凤鸣朝阳,谓东南之宝已尽,不意复见褚生。③"
　　陆曰:"公未睹不鸣不跃者耳!"

【注释】

　　①褚陶:字季雅,吴郡钱塘(今浙江杭州)人,聪慧好学,藏书多达八千余卷,历任尚书郎、九真太守、中尉等职,年五十五卒。
　　②陆平原:即陆机,字士衡,吴郡华亭(今上海松江)人,出身于东吴世家。孙吴丞相陆逊之孙,吴大司马陆抗之子。与其弟陆云合称"二陆"。曾任太子洗马、著作郎、平原内史等职。因曾任平原内史,故称陆平原。讨伐司马乂,兵败,被杀,并夷三族。
　　③君兄弟:指陆机和陆云两兄弟。云津:指银河。顾彦先:顾荣,字彦先,吴郡吴县(今江苏苏州)人,与陆机、陆云同时入洛阳,号为"三俊"。历任尚书郎、太子中舍人、廷尉正、右将军等职,累官散骑常侍。东南之宝:指东南方的人才。

【译文】

　　张华见到褚陶以后,告诉平原内史陆机说:"您兄弟两人像是飞跃银河的神龙,顾彦先像是迎着朝阳鸣叫的凤凰,我以为东南方的人才已经全在这里了,没想到又见到褚生。"陆机说:"这是因为您没有看见过不鸣不跃的人才啊!"

【原文】

卫伯玉为尚书令,见乐广与中朝名士谈议①,奇之,曰:"自昔诸人没已来,常恐微言将绝,今乃复闻斯言于君矣!②"命子弟造之,曰:"此人,人之水镜也,见之若披云雾睹青天。③"

【注释】

①卫伯玉:卫瓘(guàn),字伯玉,河东安邑(今山西夏县)人。书法家卫觊之子。善隶书和章草。在魏曾官镇东将军,入晋官至司空、太保。中朝:指西晋,晋南渡以后,称渡江前为中朝。

②诸人:指何晏、邓飏等清谈家。没(mò):离世。已来:以来。

③造:造访,拜访。水镜:明澈的镜子,比喻能明察秋毫。青天:指碧蓝的天空。按:王隐《晋书》曰:"卫瓘有名理,及与何晏、邓飏等数共谈讲,见广奇之,曰:'每见此人,则莹然犹廓云雾而睹青天。'"

【译文】

卫伯玉任尚书令时,看见乐广和西晋的名士们清谈,认为他不寻常,说道:"自从当年何晏、邓飏等那些名士逝世到现在,常常怕清谈就要绝迹,今天竟然从您这里听到这种清谈了!"便叫自己的子侄们去拜访乐广,对子侄们说:"这个人,是人们的镜子,看到他,就好像拨开云雾看见碧蓝的天空一样。"

【原文】

林下诸贤,各有俊才子①。籍子浑,器量弘旷②。

康子绍,清远雅正③。涛子简,疏通高素④;咸子瞻,虚夷有远志⑤;瞻弟孚,爽朗多所遗⑥。秀子纯、悌,并令淑有清流⑦。戎子万子,有大成之风,苗而不秀⑧。唯伶子无闻。凡此诸子,唯瞻为冠,绍、简亦见重当世⑨。

【注释】

①林下诸贤:指"竹林七贤",魏时山涛、阮籍、嵇康、向秀、刘伶、阮咸、王戎七人,常常在竹林下聚会,饮酒抒怀,世称"竹林七贤"。

②籍子浑:阮浑,字长成,陈留尉氏(今河南开封)人,阮籍之子,官至太子中庶子,著有文集三卷。弘旷:宏大宽广。

③康子绍:嵇绍,字延祖,谯郡铚(今安徽濉溪)人,嵇康之子。被山涛荐举为秘书丞,历任汝阴太守、徐州刺史、侍中、平西将军等职。后为保卫晋惠帝而死。清远雅正:志向高洁远大,本性正直。

④涛子简:山简,字季伦,河内怀县(今河南武陟)人,山涛第五子;性格温润典雅,历任太子舍人、青州刺史、侍中、吏部尚书、雍州刺史、尚书左仆射、征南将军等职;312年去世,追赠征南大将军。疏通高素:通达俊爽、高尚清俭。

⑤咸子瞻:阮瞻,字千里,陈留尉氏(今属河南)人,阮咸之子;曾任东海王记室参军、太子舍人等职。虚夷:恬淡寡欲。

⑥瞻弟孚:阮孚,字遥集,阮咸之子,阮瞻之弟。多所遗:指政务多所忽略。按:《晋书·阮孚传》载,阮孚"蓬发饮酒,不以王务婴心"。

⑦秀子纯、悌:即向纯、向悌。向纯,字长悌,向秀长子,官至侍中。向悌,字叔耳,向秀次子,向纯之弟,官至御史中丞。令淑:善良文雅。清流:比喻德行高洁。

⑧戎子万子:即王绥,字万子,王戎之子,曾辟太尉掾,不就,年十九卒。人成:即集大成,集中各个方面达到完备的程度。苗而不秀:庄稼生长了,却未能抽穗开花,语出《论语·子罕》;王戎的儿子王万子人才出众,却在19岁就死了,所以比喻为苗而不秀。

91

⑨见重:受到重视。

【译文】

竹林七贤中的每个人都有才能出众的儿子。阮籍的儿子阮浑,气量宏大宽广。嵇康的儿子嵇绍,志向高洁远大,本性正直。山涛的儿子山简,通达俊爽,且高尚清俭。阮咸的儿子阮瞻,恬淡寡欲,志向远大。阮瞻的弟弟阮孚,个性爽朗,不受政务牵累。向秀的儿子向纯、向悌,都很善良文雅,德行高洁。王戎的儿子王万子,有集大成的风度,可惜英年早逝了。只有刘伶的儿子默默无闻。在所有这些人里面,唯独阮瞻可居于首位,嵇绍和山简在当时也很受重视。

【原文】

时人目庾中郎:"善于托大,长于自藏。①"

【注释】

①庾中郎:指庾敳,字子嵩,曾任太傅从事中郎。托大:把高位当作寄身之所。自藏:即不露锋芒,明哲保身;藏,收敛,隐藏。

【译文】

当时人们评论中郎庾敳说:"善于把高位当作寄身之所,长于自我收敛、不露锋芒。"

【原文】

王平子与人书,称其儿"风气日上,足散人怀①"。

【注释】

①王平子:王澄,字平子。称:称赞。风气:风采气度。

【译文】

　　王平子给友人写信,称赞自己的儿子"风采和气度一天比一天长进,足以让人心怀舒畅"。

【原文】

　　王丞相招祖约夜语,至晓不眠①。明旦有客,公头鬓未理,亦小倦②。客曰:"公昨如是,似失眠。"公曰:"昨与士少语,遂使人忘疲。"

【注释】

①王丞相:即王导。
②明旦:第二天早上。小:稍微。

【译文】

　　丞相王导邀祖约晚上来清谈,两人一直谈到天亮,没有睡觉。第二天早上有客人前来拜访,王导出来见客时,还没有梳头,身体也稍微有点困倦。客人问道:"您昨天夜里好像失眠了。"王导说:"昨晚和士少清谈了整夜,就让人忘记了疲倦。"

【原文】

　　王蓝田为人晚成,时人乃谓之痴①。王丞相以其东海子,辟为掾②。常集聚,王公每发言,众人竞赞之③。述于末坐曰:"主非尧、舜,何得事事皆是!"④丞相甚相叹赏。

【注释】

①王蓝田:王述,字怀祖,承袭父爵蓝田侯,故称王蓝田。按:王述生

性内敛,不喜交往,据《晋阳秋》记载,他"体道清粹,简贵静正,怡然自足,不交非类",所以到30岁时还没有名望,有人就认为他痴呆。

②王丞相:即王导,字茂弘,官至丞相。东海:指王承,字安期,王述之父,曾任东海太守。辟:召来授予官职。掾:属官。

③常:通"尝",曾经。集聚:聚会。

④主:僚属称上司为主。

【译文】

蓝田侯王述为人处世,取得成就的时间比较晚,当时人们竟认为他痴傻。丞相王导因为他是东海太守王承的儿子,就召他来做自己的属官。有一次聚会,王导每次讲话,大家都争相赞美。坐在末座的王述说:"主公又不是尧、舜,怎么可能事事都对呢!"王导听了赞叹不已,非常欣赏他。

【原文】

庾公为护军,属桓廷尉觅一佳吏,乃经年①。桓后遇见徐宁而知之,遂致于庾公②,曰:"人所应有,其不必有;人所应无,己不必无。真海岱清士。③"

【注释】

①庾公:指庾亮。护军:护军将军,是掌握中央军权的;庾亮在晋明帝时升任护军将军。桓廷尉:即桓彝,字茂伦,谯国龙亢(今安徽怀远)人,桓温之父。初任州主簿,后迁为尚书吏部郎、散骑常侍,以功封爵,出为宣州内史。苏峻叛乱,率兵抵抗,兵败被杀。死后追赠廷尉。乃:竟然。

②徐宁:字安期,东海郯(今山东郯城)人,初为舆县令,后经桓彝推荐给庾亮,历任吏部郎、左将军、江州刺史等职。知:赏识。

③海岱:今山东省渤海至泰山之间的地带;海指渤海,岱指泰山。徐

宁的家乡东海郡即在此范围内。清士:公正廉洁的人士。

【译文】

庾亮担任护军将军的时候,委托廷尉桓彝代找一个优秀的属官,过了一年竟然还没有找到。桓彝后来遇见徐宁,很赏识他,于是就把他推荐给庾亮,介绍说:"人们应该有的,他不一定有;人们应该没有的,他则不一定没有。他确实是海岱一带的公正廉洁的人士。"

【原文】

桓茂伦云:"褚季野皮里阳秋。[1]"谓其裁中也[2]。

【注释】

[1]桓茂伦:即桓彝,字茂伦。褚季野:即褚裒,字季野。皮里阳秋:应作"皮里《春秋》",是为了避晋简文帝母亲的名讳(郑阿春),改为"皮里阳秋";指肚里有《春秋》笔法,即表面上不作评论,内心却自有褒贬。
[2]裁中:裁于中,内心有裁决。

【译文】

桓茂伦说:"褚季野肚子里有《春秋》笔法。"这指的是他嘴上不作评论,但心中自有裁决。

【原文】

王蓝田拜扬州,主簿请讳[1]。教云:"亡祖、先君,名播海内,远近所知[2]。内讳不出于外,余无所讳[3]。"

【注释】

[1]拜:接受官职,就任。讳:指家讳,避忌说出一家内长辈的名字。

95

按：晋人重视家讳，不能当面说出与对方长辈名字相同或同音的字；所以新官上任，下属要请求指出应该避忌的名讳，以免无意中触犯。

②教：教诲，训导，这里指做出批示。亡祖：已故的祖父，即王湛，字处冲，西晋太原晋阳（今山西太原）人，王昶之子，王承之父。历任秦王文学、太子洗马、尚书郎、汝南内史等职。先君：已故的父亲，即王承，字安期，王述之父。

③内讳：也就是"妇讳"，指避忌家内妇女的名字。按：《礼记》曰："妇人之讳不出门。"

【译文】

蓝田侯王述就任扬州刺史时，州府的主簿向他请示需要避忌的名讳。王述做出批示，说："先祖、先父，他们的名声传遍全国，远远近近都知道他们的名字。需要避忌的家中妇女的名字是不能向外人说出的，此外没有什么要避忌的了。"

【原文】

　　王仲祖称殷渊源："非以长胜人，处长亦胜人。①"

【注释】

①王仲祖：王濛，字仲祖。殷渊源：指殷浩，字渊源。长：指长处。处长：处理自己的长处。

【译文】

王仲祖称赞殷渊源说："他不但自己的长处胜过别人，而且在处理自己的长处上也胜过别人。"

【原文】

　　孙兴公为庾公参军，共游白石山，卫君长在坐①。

孙曰:"此子神情都不关山水,而能作文。②"庾公曰:"卫风韵虽不及卿诸人,倾倒处亦不近。③"孙遂沐浴此言④。

【注释】

①孙兴公:孙绰,字兴公。庾公:指庾亮。卫君长:卫永,字君长,成阳人,官至左军长史。

②关:关心,关注。

③风韵:风度韵味。倾倒:心服,佩服。近:浅显,平常。

④沐浴:指反复体味、浸润其中。

【译文】

孙兴公任庾亮的参军时,和庾亮一起去白石山游玩,卫君长也在场。孙兴公说:"此君神情一点也不关心山水风景,却善于写文章。"庾亮说:"卫君长风度韵味虽然比不上你们这些人,可是令人佩服的地方也很突出啊。"孙兴公反复体味这句话,感觉很有道理。

【原文】

许掾尝诣简文,尔夜风恬月朗,乃共作曲室中语①。襟怀之咏,偏是许之所长,辞寄清婉,有逾平日②。简文虽契素,此遇尤相咨嗟,不觉造膝,共叉手语,达于将旦③。既而曰:"玄度才情,故未易多有许!④"

【注释】

①许掾:即许询,字玄度,善析玄理,曾被征为司徒掾,不就。简文:即晋简文帝司马昱。尔:那,其。恬:安静。曲室:密室。

②偏:正好,恰巧。辞寄:言辞和寄托情意。清婉:清新婉约。

③契素:情意相投。咨嗟:赞叹。造膝:古人交谈时两人以膝相接,

表示亲近。叉手:握手,执手。

④未易:不易,难于。许:这样,这般。

【译文】

　　许玄度曾经去谒见简文帝司马昱,那一夜风静月明,两人就一起到密室中清谈。抒发胸中的情怀,这刚好是许玄度最擅长的,他的言辞和寄托的情意都清新婉约,超过了平时的谈论。简文帝虽然向来和他情趣相投,这次会面却更加赞赏他,两人在言谈时不知不觉中越靠越近,就促膝相谈,手拉着手一起交谈,一直谈到天快亮了。事后简文帝说:"许玄度的才华出众,这样的人才不易多得啊!"

【原文】

　　　　王恭有清辞简旨,能叙说,而读书少,颇有重出①。有人道孝伯常有新意,不觉为烦。

【注释】

　　①清辞:清雅的文辞。简旨:精炼的意旨。重出:重复出现。

【译文】

　　王恭的言谈有清雅的文辞,精炼的意旨,虽然善于畅谈,可是因为读书少,言辞中多有重复出现的地方。有人说王恭言谈常有新意,使人不觉得烦闷。

品藻第九

《品藻》是《世说新语》第九门，共88则。品藻指品评、鉴定人物。人物品藻作为一种文化现象，在我国起源甚早，而在三国魏晋时代尤为盛行。人物品藻就是人物评论，一般是指对人从形骨到神明做出审美评价和道德判断。本门主要记载了对当时名士进行品评、鉴定的标准和方法。人物品藻的主要标准包括品德才学、功绩声誉、风度仪表、清谈文采等方面。人物品藻的主要方法就是对比法，将两人或多人进行对比评论，或指出各自优点，或分出高下之别。在人物品藻中所对比的双方多是同时代的人物，个别采用了古今对比。本书节选了其中6则。

【原文】

　　顾劭尝与庞士元宿语，问曰："闻子名知人，吾与足下孰愈？"①曰："陶冶世俗，与时浮沉，吾不如子②。论王霸之余策，览倚仗之要害，吾似有一日之长。"③劭亦安其言。

【注释】

　　①庞士元：即庞统，字士元，号凤雏，荆州襄阳（今湖北襄阳）人。东汉末年刘备手下重要谋士，与诸葛亮同拜为军师中郎将。与刘备一同入

川,率城攻雒城(今四川广汉)时中箭身亡。追赐关内侯。宿语:夜谈。名:以……知名。足下:古时候用于对对方的尊称,同"您"。愈:较好,胜过。

②陶冶:烧造陶器、冶炼金属,比喻教化培育。与时浮沉:跟着时代、世俗走,指能顺应潮流。

③王霸:王道和霸道,指用仁义治天下和用武力治天下的策略。余策:遗策,前代留下的策略。览:观察,考察。倚仗:当为"倚伏",即互相依存、互相制约;语出《老子》:"祸兮福之所倚,福兮祸之所伏。"有一日之长:比你年纪大一天,指更擅长些。

【译文】

顾劭曾经和庞士元作过一次夜谈,他问庞士元说:"听说您因善于鉴识人才而知名,我和您两人谁更优秀一些?"庞士元说:"在适应社会的风俗习惯、顺应时代潮流这些方面我比不上您。至于谈论历代帝王治理天下采用文治或武治的策略,观察了解事物因果变化的关键之处,这些方面我似乎比你稍微擅长一些。"顾劭也很赞同他的话。

【原文】

诸葛瑾、弟亮及从弟诞,并有盛名,各在一国①。于时以为蜀得其龙,吴得其虎,魏得其狗②。诞在魏,与夏侯玄齐名;瑾在吴,吴朝服其弘量③。

【注释】

①诸葛瑾:字子瑜,琅邪阳都(今山东沂南)人,诸葛亮之兄,诸葛恪之父;在东吴为官,历任长史、绥南将军、左将军等职,封宛陵侯。229年孙权称帝,封其为大将军、左都护,领豫州牧。241年去世。诸葛亮:字孔明,琅邪阳都(今山东沂南)人。世称卧龙。诸葛瑾之弟。三国时期蜀汉丞相,杰出的政治家、军事家。建安十二年(207年),刘备三顾茅庐

求教霸图方略。诸葛亮为其拟策,即"隆中对"。从此成为刘备主要谋士。章武元年(221年),助刘备称帝,建蜀汉,任丞相。建兴元年(223年),刘禅继位,被封为武乡侯,领益州牧。公元234年,病死五丈原军中,谥忠武侯。诸葛诞:字公休,琅邪阳都(今山东沂南)人,诸葛亮族弟;在曹魏为官,历任尚书郎、荥阳令、扬州刺史、镇东将军等职;255年,与司马师一同平定毌丘俭、文钦的叛乱,获封高平侯,升征东大将军;257年起兵反叛,次年兵败,被大将军司马胡奋所斩,夷三族。

②龙、虎、狗:用来表明才智、品德等级的不同,虎低于龙,狗低于虎。

③吴朝:指吴国朝廷官员。

【译文】

诸葛瑾和弟弟诸葛亮以及堂弟诸葛诞,三人都有很高的声望,各在一个国家任职。当时,人们认为蜀国得到了三人中的龙,吴国得到了三人中的虎,魏国得到了三人中的狗。诸葛诞在魏国,和夏侯玄齐名;诸葛瑾在吴国,吴国朝廷官员都佩服他宽宏的度量。

【原文】

明帝问谢鲲:"君自谓何如庾亮?①"答曰:"端委庙堂,使百僚准则,臣不如亮②。一丘一壑,自谓过之③。"

【注释】

①明帝:即晋明帝司马绍。

②端委:古时礼服,这里指穿着礼服。庙堂:朝廷。准则:以为标准或原则。

③一丘一壑:丘壑本意是山陵和溪谷,隐者所居之地。这里指山水美景,比喻寄情于山水美景之中。

【译文】

晋明帝司马绍问谢鲲:"您认为自己和庾亮相比,谁更胜一筹?"谢鲲回答说:"穿着朝服端立于朝堂之上,成为百官的楷模,使百官有个榜样和准则,这个方面臣不如庾亮;至于寄情于山水美景之中的乐趣,臣自认为超过他。"

【原文】

桓大司马下都①,问真长曰:"闻会稽王语奇进,尔邪?②"刘曰:"极进,然故是第二流中人耳!"桓曰:"第一流复是谁?"刘曰:"正是我辈耳!"

【注释】

①桓大司马:即桓温,字元子,曾任大司马。下都:指来到京都。
②真长:刘惔,字真长。会稽王:指简文帝司马昱,登位前封为会稽王。语:指清谈。

【译文】

大司马桓温来到京都后,问刘真长:"听说会稽王司马昱的清谈有了出人意料的长进,是这样吗?"刘真长说:"是有非常大的长进,不过仍旧是第二流中的人罢了!"桓温说:"第一流的人又是谁呢?"刘真长说:"正是我们这些人呀!"

【原文】

殷侯既废①,桓公语诸人曰:"少时与渊源共骑竹马,我弃去,已辄取之,故当出我下。②"

【注释】

①殷侯:指殷浩。侯,是尊称,相当于"君"。废:废黜,罢官。按:殷浩曾任中军将军,率军北伐,大败;桓温素来忌恨殷浩,乘机上表弹劾,殷

102

浩被废为庶人,流放到东阳。

②桓公:即桓温。竹马:儿童游戏时当马骑的竹竿。

【译文】

殷浩被罢官废为庶人以后,桓温对大家说:"小时候我和殷渊源一起骑竹马玩,我扔掉的竹马,他总是捡来骑,所以知道他应当会不如我。"

【原文】

谢公问王子敬①:"君书何如君家尊?②"答曰:"固当不同。"公曰:"外人论殊不尔。"王曰:"外人那得知!"

【注释】

①谢公:即谢安。王子敬:王献之,字子敬,王羲之第七子。
②家尊:令尊,您的父亲,这里指王羲之。按:时人对王羲之、王献之的书法成就有不同看法,谢安擅长书法,也很推崇王羲之的书法,对王献之的书法则不太看重,故有此问;余嘉锡的分析颇有道理,他认为:"谢安既自重其书,又甚尊右军,而颇轻子敬。其发问时,盖亦有此意。子敬心不平之,故答之如此。所谓'外人那得知'者,即以隐斥安石,非真与其父争名也。"

【译文】

谢安问王子敬:"您的书法和您父亲的书法相比,怎么样?"子敬回答说:"本来就是不同的风格。"谢安说:"外面的议论绝不是这样认为的。"王子敬说:"外人哪里会懂得!"

规箴第十

　　《规箴》是《世说新语》第十门,共27则。规箴指劝勉告诫,即以正义之道劝人改正言行的不当之处。本门主要记载了数则劝勉告诫对方接受意见、改正失当之处的小故事。本门内容依据规箴的主客体双方的不同可以分为三类,其中最多的是臣下对君主或上级提出的谏言,其次是同辈或夫妇之间进行的劝导,还有一则是高僧对弟子,亦即长辈对晚辈谆谆的告诫。进行规箴的方法,或为含蓄委婉,或为直言进谏。规箴所涉及的内容,多为政治国之道,也有待人处事之方。从规箴人提出的建议中,可以看出这个人的识见和气度。本书节选了其中4则。

【原文】

　　汉武帝乳母尝于外犯事,帝欲申宪①,乳母求救东方朔②。朔曰:"此非唇舌所争,尔必望济者,将去时,但当屡顾帝,慎勿言。此或可万一冀耳。"③乳母既至,朔亦侍侧,因谓曰:"汝痴耳!帝岂复忆汝乳哺时恩邪!"帝虽才雄心忍,亦深有情恋,乃凄然愍之,即敕免罪④。

【注释】

　　①汉武帝:刘彻,西汉第七位皇帝,16岁登基,开创察举制选拔人

才,独尊儒术,首开丝绸之路,首创年号,兴太学等,但在位后期穷兵黩武,又造成了巫蛊之祸,公元前87年去世,享年70岁,谥号孝武皇帝,庙号世宗。犯事:犯法,犯罪。申宪:申明法令,指执行法令。

②东方朔:本姓张,字曼倩,西汉平原厌次(今山东惠民)人,性格诙谐,足智多谋,著述甚丰,代表作《答客难》《非有先生论》等,曾任常侍郎、太中大夫等职。按:汉武帝奶妈的子孙在京都长安横行霸道,有司奏请把奶妈流放到边远地区,武帝批准了。

③济:成功。但:只,只是。万一:万分之一。冀:希望。

④心忍:心狠,心肠坚硬。凄然:形容悲伤。愍(mǐn):怜悯。

【译文】

汉武帝刘彻的乳母曾经在外面犯了罪,武帝准备要按照法令来治罪,乳母去向东方朔求救。东方朔说:"这不是靠唇舌就能争取得来的事,你想要把事情一定办成功的话,临走时,应该接连回头望着汉武帝,千万不要说话。这样也许能有万分之一的希望。"奶妈进来辞行时,东方朔也陪侍在汉武帝身边,奶妈按照东方朔所说那样频频回头看汉武帝,东方朔就对她说:"你是犯傻呀!皇上难道还会想起你喂奶时的恩情吗!"汉武帝虽然才智杰出,心肠坚硬,也不免引起深切的依恋之情,心情也感到很凄凉,非常怜悯奶妈,于是立刻下令赦免了她的罪责。

【原文】

京房与汉元帝共论①,因问帝:"幽、厉之君何以亡?所任何人?"②答曰:"其任人不忠。"房曰:"知不忠而任之,何邪?"曰:"亡国之君各贤其臣,岂知不忠而任之!"房稽首曰:"将恐今之视古,亦犹后之视今也。③"

【注释】

①京房:本姓李,好音律,推律自定为京氏,遂以京为姓,字君明,东

郡顿丘(今河南清丰西南)人,开创京氏易学,有《京氏易传》传世;元帝时立为博士,官至魏郡太守,后因劾奏中书令石显专权,为石氏所忌恨,被捕下狱处死,死时年四十一。汉元帝:刘奭(shì),汉宣帝刘询与嫡妻许平君所生之子,西汉第十一位皇帝,公元前49年十月继位;善史书,通音律,好儒术,在位期间因宠信宦官,导致朝政混乱,西汉由此走向衰落;公元前33年病逝,谥号孝元皇帝,庙号高宗。

②幽、厉之君:两个暴虐之君;厉指周厉王,西周第十任君主,在位时暴虐无道,滥施杀伐,最终导致百姓反叛,被国人流放;幽指周幽王,周厉王之孙,西周第十二任君主,在位时宠幸妃子褒姒,沉迷酒色,不理国事,后来外族入侵,兵败被杀,西周灭亡。

③稽(qǐ)首:指古代跪拜礼,为拜礼中最隆重的一种,常为臣子拜见君父时所用;跪下并拱手至地,头也至地。按:汉元帝的亲信中书令石显和尚书令五鹿充宗专权,京房认为他们会犯上作乱,所以借幽、厉二君的事情来向汉元帝进谏。

【译文】

京房和汉元帝在一起讨论时,趁机问汉元帝刘奭:"周幽王和周厉王为什么灭亡?他们所任用的是些什么人?"汉元帝回答说:"他们任用的人不忠。"京房又问:"明知任用的人不忠,还要任用,这是什么原因呢?"元帝说:"亡国的君主,每个都认为他的臣子是贤能的,哪里是明知不忠还要任用他呢!"京房于是跪拜匍匐在地,说道:"就怕我们现在看古人,也像后代的人看我们现在一样啊。"

【原文】

王夷甫雅尚玄远,常嫉其妇贪浊,口未尝言"钱"字①。妇欲试之,令婢以钱绕床,不得行。夷甫晨起,见钱阂行,呼婢曰:"举却阿堵物!②"

【注释】

①王夷甫：王衍，字夷甫。雅：平素，素来。尚：崇尚。玄远：指道的玄妙幽远，玄理。嫉：憎恨。贪浊：贪婪污浊。

②阂(hé)：阻隔不通。举却：拿去，拿走。阿堵：六朝人口语，这，这个。后人常以"阿堵"或"阿堵物"作为钱的代称。

【译文】

王夷甫素来崇尚玄理，常常憎恨他妻子的贪婪污浊，口里不曾说过"钱"字。他的妻子想试试他，就叫婢女用钱来围着床放了一圈，让他不能走出来。王夷甫早晨起床，看见钱阻隔了自己出行的道路，就招呼婢女说："把这些东西拿走！"

【原文】

王平子年十四五，见王夷甫妻郭氏贪欲，令婢路上儋粪①。平子谏之，并言不可。郭大怒，谓平子曰："昔夫人临终，以小郎嘱新妇，不以新妇嘱小郎。②"急捉衣裾，将与杖③。平子饶力，争得脱，逾窗而走④。

【注释】

①王平子：王澄，字平子，王夷甫之弟。儋：同"担"，肩挑。

②夫人：指婆婆。小郎：称丈夫的弟弟为小郎，即小叔子。新妇：妇女的自称。

③裾(jū)：衣服的大襟，也指衣服的前后部分。杖：用棒子打。

④饶力：多力，力气大。争：通"挣"，挣扎。

【译文】

王平子十四五岁时，看见王夷甫的妻子郭氏很贪心，叫婢女到路上

107

捡粪担回来。平子规劝她,并且说这样不行。郭氏大怒,对平子说:"以前婆婆临终的时候,把你托付给我,并没有把我托付给你。"说完就一把抓住平子的衣服,要拿棍子打他。平子力气大,用力挣扎,才得以脱身,跳窗逃走了。

捷悟第十一

《捷悟》是《世说新语》第十一门,共7则。捷悟指敏捷的悟性,即领悟问题迅速、准确。本门记载的7则故事中,主人公都能在面对突发事件时,做出快速而正确的分析和理解,并采取了相应的合适、正确的方法进行了处理。这其中又以记载魏武帝曹操和杨修之间的故事为主。本书节选了其中3则。

【原文】

杨德祖为魏武主簿①,时作相国门,始构榱桷②,魏武自出看,使人题门作"活"字,便去。杨见,即令坏之。既竟,曰:"门中'活','阔'字。王正嫌门大也。③"

【注释】

①杨德祖:杨修,字德祖,东汉末弘农华阴(陕西华阴)人,太尉杨彪之子,学问渊博,性极聪慧,曾任丞相府主簿,后因罪被曹操诛杀。魏武:即曹操,字孟德,曾为魏王,去世后谥号为武王,曹丕称帝后,追尊为武皇帝。

②相国:官职名,朝臣中的最高职务,同丞相,汉代有时设相国,有时设丞相;这里指相国府。构:架构,建造。榱桷(cuī jué):屋椽。

③竟:终了,完毕。王:指魏王曹操。

【译文】

　　杨德祖任魏武帝曹操的主簿,当时正在修建相国府的大门,刚架好屋椽,曹操亲自出来查看,看完后让人在门上写了个"活"字,然后就走了。杨德祖看见了,立刻让人把门拆了。拆完之后,他解释说:"门里加个'活'字,是'阔'字。魏王正是嫌门太大了。"

【原文】

　　人饷魏武一杯酪,魏武啖少许,盖头上题"合"字以示众,众莫能解①。次至杨修,修便啖,曰:"公教人啖一口也,复何疑!"②

【注释】

　　①饷:赠送食物。啖(dàn):吃或给人吃。盖头:这里指盖子。
　　②次:指依次传至。人啖一口:"合"字拆开,就是人、一、口三字,即曹操的意思为一人吃一口。

【译文】

　　有人送给魏武帝曹操一杯奶酪,曹操吃了一点,就在盖头上写了一个"合"字,然后给大家看,众人都没能看懂是什么意思。传到杨修手里,杨修看后便吃了一口奶酪,说:"曹公是让我们每人吃一口呀,还怀疑什么!"

【原文】

　　郗司空在北府,桓宣武恶其居兵权①。郗于事机素暗,遣笺诣桓:"方欲共奖王室,修复园陵。"②世子嘉宾出行,于道上闻信至,急取笺,视竟,寸寸毁裂,便回③。还更作笺,自陈老病,不堪人间,欲乞闲地自养④。宣武得笺大喜,即诏转公督五郡、会稽太守。

【注释】

①郗司空:郗愔(yīn),字方回,东晋高平金乡(今山东嘉祥)人。郗鉴之子。承袭父爵南昌公,授中书侍郎,其间因病去职,居家十余年。简文帝辅政,为光禄大夫、散骑常侍,后任徐、兖二州刺史、冠军将军、会稽内史、镇军将军等职。北府:即京口,别称北府。桓宣武:桓温,谥号宣武。按:桓温北伐前,郗愔任平北将军,兼任徐、兖二州刺史,都督徐、兖、青、幽及扬州诸州军事,镇京口,桓温觊觎京口的军事力量,就把郗愔调为冠军将军、会稽内史,自己则兼任徐、兖二州刺史,统帅京口之兵。

②事机:行事的时机,这里指形势。暗:不明白。遣笺:派人送信。奖:辅佐。修复园陵:指收复中原。园陵,指西晋诸王的陵地,在晋今河南洛阳一带。

③世子:正妻所生的长子。嘉宾:郗超,字嘉宾,郗愔长子,在桓温的大司马府任参军。出行:外出。视竟:看完。

④更:再,重新。陈:陈述。不堪人间:指不能应付俗世公务。闲地:清静之地。

【译文】

司空郗愔镇守京口的时候,桓温不喜欢他掌握兵权。郗愔对当前形势的了解一向不太清楚,还派人送信给桓温说:"正想和您一起辅佐王室,修复被敌人毁坏的先帝陵寝。"当时他的嫡长子郗嘉宾正到外地去,在半路听说送信的人到了,急忙拿过他父亲的信来看,看完了,把信撕得粉碎,就马上返回家去,又代替他父亲另外写了封信,诉说自己年老多病,不能应付世俗公务,想找个清静的地方来自我调养。桓温收到信非常高兴,立刻下令把郗愔调为都督五郡军事、会稽太守。

夙惠第十二

《夙惠》是《世说新语》第十二门,共 7 则。夙惠,同"夙慧",即早慧,指从小就聪慧过人。本门记载的 7 则故事,集中展示了汉末魏晋时期一些名士在少年时期的杰出表现。这些少年聪慧过人,遇事沉着冷静,在记忆力、观察力、推理能力、语言表达等方面的才能远远高于一般的少年儿童。本书节选了其中 2 则。

【原文】

宾客诣陈太丘宿,太丘使元方、季方炊①。客与太丘论议,二人进火,俱委而窃听②。炊忘箸箅,饭落釜中③。太丘问:"炊何不馏?④"元方、季方长跪曰:"大人与客语,乃俱窃听,炊忘箸箅,饭今成糜。⑤"太丘曰:"尔颇有所识不?"对曰:"仿佛志之。⑥"二子俱说,更相易夺,言无遗失⑦。太丘曰:"如此,但糜自可,何必饭也!"

【注释】

①陈太丘:即陈寔(shí),字仲弓,曾任太丘长。元方、季方:指陈寔的两个儿子。陈纪为长子,字元方;陈谌(chén)是第四子,字季方。炊:

烧火做饭。

②进火:生火煮饭的意思。委:抛下,放下。

③箄(bì):即箅子,一种有网眼用以隔物的器具。釜:古代的一种锅。

④馏:把半熟或凉了的食物蒸熟。

⑤长跪:两膝着地,臀部离开足跟,直身而跪。大人:对父母叔伯等长辈的敬称。糜:粥。

⑥志:记在心里。

⑦更:交替。易夺:改正补充。

【译文】

有位客人到太丘长陈寔家中住宿,陈寔就叫儿子元方和季方生火做饭来招待客人。客人和陈寔在一旁清谈,元方兄弟两人在烧火做饭,却都放下手头的事,去偷听他们的谈话。结果做饭时忘了放上箅子,要蒸的饭都直接落到了锅里。陈寔问他们:"饭为什么没放在箅子上蒸呢?"元方和季方直挺挺地跪着说:"父亲大人和客人清谈,我们两人就一起偷听,蒸饭时忘了放上箅子,于是饭现在就煮成粥了。"陈寔问:"你们可记住什么了吗?"兄弟两人回答说:"似乎还能记住那些话。"于是兄弟俩一起说出听到的内容,并交替对对方的缺漏进行改正补充,一句话也没有漏掉。陈寔说:"既然这样,只吃粥也行,何必一定要米饭呢!"

【原文】

晋明帝数岁,坐元帝膝上①。有人从长安来,元帝问洛下消息,潸然流涕②。明帝问何以致泣,具以东渡意告之③。因问明帝:"汝意谓长安何如日远?"答曰:"日远。不闻人从日边来,居然可知。④"元帝异之。明日集群臣宴会,告以此意,更重问之。乃答曰:"日近。"

元帝失色,曰:"尔何故异昨日之言邪?"答曰:"举目见日,不见长安。"

【注释】

①晋明帝:司马绍,晋元帝司马睿长子。元帝:即晋元帝司马睿,字景文,司马懿曾孙,初袭封琅邪王。建兴五年(317),即晋王位,改元建武。太兴元年(318)即皇帝位,改元太兴。史称东晋。

②洛下:指洛阳。按:西晋都城为洛阳,晋怀帝永嘉五年(311年),匈奴攻陷洛阳,掳走晋怀帝司马炽,后将其杀害。318年,晋元帝司马睿在建康(今江苏南京)即位,建立政权,史称东晋。

③东渡意:指当初渡江到江东,经营一个复兴帝室的基地的意图。

④居然:显然。

【译文】

晋明帝司马绍才几岁的时候,一次,坐在父亲晋元帝司马睿腿上。当时有人从长安来到建康,元帝问起洛阳的情况,忍不住潸然泪下。明帝问父亲什么事导致他哭泣,元帝就把过江到江东来,是为了建立一个复兴帝室的基地的意图告诉他。于是元帝就问明帝:"你看长安和太阳相比,哪个更远?"明帝回答说:"太阳更远。没听说过有人从太阳那边来,从这里显然可知太阳更远。"元帝对他的回答感到很惊奇。第二天,元帝召集群臣宴饮,就把明帝这个回答告诉大家,并且又重问了他一遍这个问题,不料明帝却回答说:"太阳近。"元帝大惊失色,问他:"你为什么和昨天说的不一样呢?"明帝回答说:"因为现在抬起头就能看见太阳,可是看不见长安。"

豪爽第十三

《豪爽》是《世说新语》第十三门,共13则。豪爽指气度豪迈,性情直爽。魏晋时代,士族阶层推崇豪迈直爽的风姿气度。本门所记载的主要是士族阶层在各个方面的豪爽表现:在战场上,一往无前,敢于径直出入于数万敌兵之中;在行动上,大刀阔斧,气势磅礴;在言谈上,纵论古今,豪情满怀,慷慨激昂;在气概上,坦荡从容,旁若无人;这些正是性格豪爽的表现。本书节选了其中2则。

【原文】

王处仲每酒后,辄咏"老骥伏枥,志在千里;烈士暮年,壮心不已①"。以如意打唾壶,壶口尽缺②。

【注释】

①王处仲:王敦,字处仲。老骥:年老的骏马。伏枥:马伏在槽上,指畜养在马厩中的马匹。暮年:老年,晚年。"老骥"诗句:语出曹操的《步出夏门行·龟虽寿》诗,大意为:老了的骏马虽然躺在马厩里,它的志向却还是驰骋千里;壮士虽然到了晚年,雄心壮志依旧未减退。

②如意:器物名,用竹、木、玉、石、铜等制成,长三尺许,前端作爪形,用以抓痒,可如人意,因而得名。唾壶:旧时一种小口巨腹的吐痰器皿。

【译文】

　　王处仲每次喝完酒后,就吟咏曹操的《步出夏门行·龟虽寿》诗:"老骥伏枥,志在千里;烈士暮年,壮心不已。"一边吟诗,一边拿如意敲打着唾壶打拍子,壶口全都被敲缺了。

【原文】

　　王司州在谢公坐①,咏"入不言兮出不辞,乘回风兮载云旗②"。语人云:"当尔时,觉一坐无人。③"

【注释】

　　①王司州:王胡之,字修龄,东晋琅邪临沂(今山东临沂)人。历郡守、侍中、丹阳尹。永和四年(348),被召为平北将军、司州刺史,临行而卒。谢公:指谢安。
　　②回风:旋风。云旗:以云为旗。"入不"两句:引自屈原《九歌·少司命》,意为:进来时不说话,离去时不告辞,乘着旋风,驾着云旗。
　　③尔时:当时,那时。一坐:满座。

【译文】

　　司州刺史王胡之有一次在谢安家作客,朗诵起屈原《九歌·少司命》中的诗句"入不言兮出不辞,乘回风兮载云旗"。他告诉别人说:"在那个时候,就觉得好像满座空无一人。"

容止第十四

《容止》是《世说新语》第十四门，共 39 则。容止指仪容举止。仪容举止是魏晋风流的重要组成部分之一。本门主要记载了当时士族阶层所推崇的仪容举止。文中的故事有的偏重仪容，记载了一些仪容出众的魏晋名士，如卫玠、潘岳、裴楷、王濛等，他们大都具有容貌俊秀、肤色白净、眼睛有神、仪表出众等优点；有的故事则偏重举止，记载了一些举止出众的名士，如嵇康、刘伶、司马昱、谢尚等，他们具有或庄重、或悠闲、或质朴天然、或超然世外的举止风姿等等，当然也有两者兼而记之的。记叙方式或是整体概括描写，或是用侧面烘托法，或是用对比的手法进行描写。从本门记载的故事，可以看出魏晋时期士人的审美情趣及精神状态。本书节选了其中 4 则。

【原文】

　　魏武将见匈奴使①。自以形陋，不足雄远国，使崔季珪代，帝自捉刀立床头②。既毕，令间谍问曰③："魏王何如？"匈奴使答曰："魏王雅望非常，然床头捉刀人，此乃英雄也。"魏武闻之，追杀此使④。

【注释】

　　①魏武：曹操，生前封魏王，谥号是武王，曹丕登帝后，追尊为武帝，

故下文称帝、魏王。

②雄:即称雄,显示威严之意。崔季珪:崔琰(yǎn),字季珪,清河东武城(今山东德州武城)人;初为袁绍谋事,后为曹操别驾从事、尚书、中尉等职;建安二十一年(216年)被曹操赐死。捉刀:握着刀,拿着刀。按:据刘孝标注云:"武王姿貌短小,而神明英发";而崔琰"声姿高畅,眉目疏朗,须长四尺,甚有威重"。

③间谍:密探。

④"魏武"句:曹操认为匈奴使识破了他的野心,所以把使臣杀了。按:余嘉锡《世说新语笺疏》载:"程炎震云:'建安二十一年五月,操进爵为魏王。其时代郡乌丸行单于普富卢与侯王来朝。七月,匈奴南单于呼厨泉将其名王来朝。殆此时事。然其年琰即诛死,恐非实也。'"故此说不大可信。

【译文】

魏武帝曹操将要接见匈奴的使节。他自认为外形丑陋,不能对远方国家显示出自己的威严,便叫崔季珪代替自己去接见使者,自己却握着刀站在崔季珪的坐床边。接见完毕后,曹操派密探去问匈奴使者说:"你觉得魏王怎么样?"匈奴使者回答说:"魏王的仪表威严非同一般,可是床边握刀的人,这才是位英雄啊。"曹操听说后,派人去追上这个使者,把他杀了。

【原文】

何平叔美姿仪,面至白①。魏明帝疑其傅粉,正夏月,与热汤饼②。既啖,大汗出,以朱衣自拭,色转皎然③。

【注释】

①何平叔:何晏,字平叔,南阳宛(今河南南阳)人。母尹氏为曹操

所纳,长于宫中,娶公主为妻。好老、庄之学。著有《论语集解》等书。后依附曹爽,累官侍中、吏部尚书,封外侯。高平陵之变后,为司马懿所杀,被夷灭三族。姿仪:容貌,仪表。

②魏明帝:曹叡,字元仲,沛国谯县(今安徽亳州)人,魏文帝曹丕长子,公元226-239年在位。在位期间成功防御了吴、蜀的多次攻伐,平定鲜卑,攻灭公孙渊,颇有建树。239年病逝于洛阳,谥号明帝。傅粉:搽粉。夏月:即夏天。汤饼:水煮的面食。

③朱衣:红色的衣服。皎然:明亮洁白的样子。

【译文】

何平叔相貌俊美,脸上的皮肤非常白。魏明帝曹叡怀疑他搽了粉,想验证一下,当时正好是夏天,就给他吃热的汤面。何平叔吃完后,大汗淋漓,便随手用身上穿的红色的衣服来擦自己的脸,脸色反而更加光洁白皙。

【原文】

潘岳妙有姿容,好神情①。少时挟弹出洛阳道,妇人遇者,莫不连手共萦之②。左太冲绝丑,亦复效岳游遨,于是群妪齐共乱唾之,委顿而返③。

【注释】

①潘岳:即潘安,字安仁,西晋荥阳中牟(今属河南)人。貌美,早慧。早辟为司空太尉府掾,累至给事黄门侍郎。赵王司马伦执政后,被亲信孙秀诬以谋反,被杀。善诗赋,著有《西征赋》《闲居赋》《金谷诗》等。神情:神态风度。

②萦:围绕。按:《语林》说,潘岳外出,妇女们都围着他,抛果子给他,常常抛满一车。

③左太冲:左思,字太冲。效:效仿。游遨:嬉游,游逛。妪:妇女。

委顿:疲乏,憔悴。

【译文】

　　潘岳有俊美的容貌和美好的神态风度。年轻时拿着弹弓走在洛阳的大街上,妇人们遇到他,没有不手拉手地围住他的。左太冲长得非常丑陋,他也效仿潘岳那样到处游逛,但是遇到的妇女们都向他乱吐唾沫,以至于他回来时狼狈不堪。

【原文】

　　卫玠从豫章至下都,人久闻其名,观者如堵墙①。玠先有羸疾,体不堪劳,遂成病而死②。时人谓看杀卫玠。

【注释】

　　①下都:即陪都,于京都之外,择地别建的另一都城,这里指京都建康,因西晋旧都为洛阳,所以后来称新都为下都。
　　②羸(léi)疾:衰弱多病。按:刘孝标注云:"按《永嘉流人名》曰:'玠以永嘉六年五月六日至豫章,其年六月二十日卒。'此则玠之南度豫章四十五日,岂暇至下都而亡乎?且诸书皆云玠亡在豫章,而不云在下都也。"此则故事概为流传有误。

【译文】

　　卫玠从豫章郡到京都时,因为人们早已听到过他的名声,所以来看他的人非常多,围得像一堵墙。卫玠本来身体就羸弱多病,身体受不了这种劳累,于是生病了,最终病重而死。当时的人说是因为太多人的观看导致了卫玠的死亡。

自新第十五

《自新》是《世说新语》第十五门,共2则,是全书记事则数最少的一门。自新指自觉改正错误,重新做人。本门的2则故事,主要是说明有错误要及时改正,有才能要用到正道上,而后必定会有所成就。本书节选了其中1则。

【原文】

周处年少时,凶强侠气,为乡里所患①。又义兴水中有蛟,山中有邅迹虎,并皆暴犯百姓,义兴人谓为"三横",而处尤剧②。或说处杀虎斩蛟,实冀三横唯余其一。处即刺杀虎,又入水击蛟。蛟或浮或没,行数十里,处与之俱。经三日三夜,乡里皆谓已死,更相庆③。竟杀蛟而出。闻里人相庆,始知为人情所患,有自改意④。乃自吴寻二陆,平原不在,正见清河⑤。具以情告,并云:"欲自修改,而年已蹉跎,终无所成。⑥"清河曰:"古人贵朝闻夕死⑦,况君前途尚可。且人患志之不立,亦何忧令名不彰邪!⑧"处遂改励,终为忠臣孝子⑨。

【注释】

①周处:字子隐,义兴阳羡(今江苏宜兴)人,吴国鄱阳太守周鲂之子;在晋朝历任新平太守、广汉太守、散骑常侍、御史中丞等职;因为人刚正不阿,得罪权贵,被派往西北讨伐氐羌叛乱,战死沙场,后追赠为平西将军。凶强:凶暴强横。侠气:豪侠的气概,指讲义气。

②遭(zhān)迹虎:跛足的老虎。遭,难于行走的样子。暴犯:侵害,危害。横:指残暴的东西。剧:厉害。

③更相:相继,相互。

④里人:同里的人,同乡。人情:人心,众人的情绪、愿望。

⑤自吴:《晋书·周处传》作"入吴",即到吴地去,比较合理。二陆:指陆机、陆云兄弟二人,吴人;陆机曾任平原郡内史,陆云曾任清河郡内史,所以下文称陆机为平原,称陆云为清河。按:陆机比周处年轻二十多岁,周处弱冠之年,陆机尚未出生,所以周处年少时不可能寻访二陆。

⑥修改:指改正错误,重新做人。蹉跎:虚度光阴。

⑦朝闻夕死:出自《论语·里仁》"朝闻道,夕死可矣"。大意是:早上听到了真理,就算晚上死去也不算虚度此生。

⑧令名:美名。彰:显露。

⑨改励:即改正错误,振奋精神;励,同"砺",磨炼,振奋。

【译文】

周处年轻时,凶暴强横,讲义气,乡里人认为他是个祸害。加上义兴郡河里有一条蛟龙,山上有一只跛脚虎,都危害百姓的安危,义兴人把他们叫作"三横",而三者中周处危害最大。有人劝说周处去杀死老虎,斩杀蛟龙,其实是希望"三横"只剩下一个。周处立刻上山刺杀了老虎,又下河去斩杀蛟龙。蛟龙时而浮出水面,时而潜入水中,游了几十里,周处始终和蛟龙在一起搏斗,经过了三天三夜,乡亲们都认为他已经死了,于是互相庆贺。没想到周处竟然杀死了蛟龙,从水里出来了。他听说乡亲们互相庆贺,才知道自己是人们心中所痛恨的人,就有了改过自新的打算。于是他到吴郡寻找陆机、陆云兄弟,平原内史陆机不在家,只见到清河内史陆云。周处就把事情一五一十地告诉了陆云,并且说:"我想改正错误,重新做人,可是已经虚度了很多光阴,恐怕终究不会有什么成就。"陆云说:"古人尚且认为早上听到了真理,就算晚上死去也不算虚度此生,何况您的前途还很远大。再说,一个人就怕不能立志,又何必担心美名不能彰显呢!"于是周处便改正错误,振作起来,终于成了忠臣孝子。

企羡第十六

《企羡》是《世说新语》第十六门,共6则。企羡,意为企望羡慕,敬仰思慕。企羡对象既包括才能出众、超尘脱俗的人物,也包括已随时光逝去、难以追及的往事。本门主要记载了6则晋时名士或企慕身处同一时代的他人、或追忆往事的故事。本书节选了其中2则。

【原文】

王丞相过江,自说昔在洛水边,数与裴成公、阮千里诸贤共谈道①。羊曼曰:"人久以此许卿,何须复尔!"②王曰:"亦不言我须此,但欲尔时不可得耳!"③

【注释】

①王丞相:即王导,字茂弘,官至丞相。洛水:指西晋都城洛阳的洛河。数:屡次。裴成公:即裴頠(wěi),字逸民,西晋河东闻喜(今属山西)人,司空裴秀之子。初为太子中庶子,承袭父爵。惠帝时为国子祭酒,兼右军将军。累迁尚书左仆射。公元300年被赵王司马伦所害。博学稽古,崇尚儒学,反对清谈浮夸,著有《崇有论》等。阮千里:阮瞻,字千里。道:这里指老庄学说。

②羊曼:字延祖,晋泰山南城(今山东平邑)人。阳平太守羊暨之子。性放纵,好饮酒,与温峤、庾亮等友善,并为中兴名士。西晋末年避

难渡江,任参军、黄门侍郎、尚书吏部郎、晋陵太守、丹阳尹等职,死于苏峻之乱中。许:称许,赞许。

③但:只,只是。欲:刘孝标注云:"一本作'叹'。"尔时:那时,当时。

【译文】

丞相王导过江以后,自己说起以前在洛水岸边,经常和裴𬱟、阮千里等诸位贤士一起谈论老庄学说的往事。羊曼说:"人们早就因为这件事称赞过你,哪里还需要再说呢!"王导说:"也不是说我需要这样做,只是感叹那样畅快的时光不会再有啊!"

【原文】

孟昶未达时,家在京口①。尝见王恭乘高舆,被鹤氅裘②。于时微雪,昶于篱间窥之,叹曰:"此真神仙中人!"

【注释】

①孟昶(chǎng):字彦达,东晋城阳平昌(今山东安丘)人。初为青州主簿,后任丹阳尹、吏部尚书、尚书左仆射等职。死于孙思卢循之乱。达:发达,指地位显贵。

②被:同"披",披着,穿着。鹤氅(chǎng)裘:用鸟羽制成的裘,是外套,就是斗篷、披风之类的御寒长外衣。按:太元十五年(390年),王恭任都督兖、青、冀、幽、并、徐及扬州之晋陵诸军事,前将军,兖、青二州刺史,假节,镇守京口。

【译文】

孟昶还没有发达显贵时,家住在京口。有一次看见王恭坐在高高的马车上,穿着鹤氅裘。当时下着零星小雪,孟昶在篱笆后面偷偷地看着王恭,不由得赞叹道:"这真是神仙中人啊!"

伤逝第十七

《伤逝》是《世说新语》第十七门，共19则。伤逝指怀念已经故去的人。本门记载的内容主要是魏晋时士族阶层的名士们深切怀念逝去的故人，表达出了深切的哀思之情。伤逝的对象或为知音挚友，或为兄弟子女，或为同僚佐吏，其中有一则是哀悼君主。此外，本门还记载了对逝去故人的种种悼念做法，有的依照故人的生前爱好，或学驴鸣，或演奏乐器，或送麈尾等等，以祭奠逝者；有的追忆往事，感慨满怀；有的痛哭流涕，悲痛到失礼甚至损害身体。文中感情真挚动人，读之令人伤感不已。本书节选了其中2则。

【原文】

王仲宣好驴鸣[1]。既葬，文帝临其丧，顾语同游曰[2]："王好驴鸣，可各作一声以送之。"赴客皆一作驴鸣。

【注释】

[1]王仲宣：王粲，字仲宣，山阳高平（今山东微山）人；为"建安七子"之冠，与曹植并称"曹王"。为蔡邕所赏识，获赠藏书六千余卷；初依附刘表，后归附曹操，历任丞相掾、侍中等职，赐爵关内侯；216年，随军南

征孙权,次年北还途中病逝。

②文帝:魏文帝曹丕,曹魏开国皇帝。临其丧:亲临他的丧礼。同游:互相交往的人。

【译文】

　　王仲宣生前喜欢听驴叫。到安葬时,魏文帝曹丕亲自去参加他的葬礼,回头对王粲往日交往的友人们说:"王粲喜欢听驴叫,大家可以各学一声驴叫来为他送别。"于是前来吊丧的客人都学了一声驴叫。

【原文】

　　王戎丧儿万子,山简往省之,王悲不自胜①。简曰:"孩抱中物,何至于此!"②王曰:"圣人忘情,最下不及情;情之所钟,正在我辈。"③简服其言,更为之恸。

【注释】

　　①王戎:字濬冲,"竹林七贤"之一。万子:王绥,字万子,年十九卒。省:看望。
　　②孩抱:孩提,婴儿。按:万子年十九卒,应不能说"孩抱中物",据《晋书·王衍传》记载:"衍尝丧幼子,山简吊之",说的是王戎的堂弟王衍曾失去幼儿,大概本书将两事合为一事了。
　　③忘情:无喜怒哀乐之情。最下:最下等的人。钟:集中,专一。

【译文】

　　王戎的儿子万子死了,山简去探望他,王戎悲伤得不能自持。山简说:"一个怀抱中的婴儿罢了,怎么能悲痛到这个地步!"王戎说:"圣人看破红尘,无喜怒哀乐之情;最下等的人为生活所迫,谈不上有感情;感情最集中的,正是我们这一类人啊。"山简很佩服他的话,更加为他感到悲痛。

栖逸第十八

《栖逸》是《世说新语》第十八门，共17则。栖逸，指隐遁不出仕。本门主要记载了魏晋时期的隐士们的生活状态和隐居志向。本门所记载的隐士可以分为四类：第一种是求于道术，所以绝弃喧嚣，隐居于山林；第二种是崇尚老庄之道、追慕虚静，所以不谈俗事、寄情于山水，这与魏晋之时盛行的清谈之风有着密切的联系；第三种是为了逃避仕途风险，或隐于尘世之中，或隐居山水间，但绝不出仕，这与当时动荡不安的政治局势和复杂的党派纷争有着必然的联系；第四种是为了沽名钓誉，人虽隐在山林，但朝廷一旦征召，则即刻出仕。前三种是真正的隐士，第四种只能称之为伪隐士。本书节选了其中4则。

【原文】

阮步兵啸，闻数百步[1]。苏门山中，忽有真人，樵伐者咸共传说[2]。阮籍往观，见其人拥膝岩侧，籍登岭就之，箕踞相对[3]。籍商略终古，上陈黄、农玄寂之道，下考三代盛德之美，以问之，仡然不应[4]。复叙有为之教、栖神导气之术以观之，彼犹如前，凝瞩不转[5]。籍因对之长啸。良久，乃笑曰："可更作。"籍复啸。意尽，退，还半岭许，闻上啾然有声，如数部鼓吹，林谷传响[6]。顾看,乃向人啸也。

【注释】

①阮步兵:即阮籍,字嗣宗,三国魏陈留尉氏(今河南尉氏)人。诗人,与嵇康齐名,"竹林七贤"之一。曾任步兵校尉,世称阮步兵。崇尚老庄之学,政治上则采取谨慎避祸的态度,善诗赋,著有《咏怀诗》《大人先生传》等。啸:撮口作声。即吹口哨。步:中国旧制长度单位,一步等于五尺。

②苏门山:又名苏岭,太行山支脉,在今河南省新乡市。真人:指存养本性或修真得道的人,亦泛称"成仙"之人。咸:全,都。

③拥膝:抱膝。就:走近,靠近。箕踞:伸开两腿坐着,像个簸箕,是一种不拘礼节的坐法。

④商略:品评,评论。终古:往昔,自古以来。陈:陈述。黄、农:指黄帝、神农时代。玄寂之道:道家玄妙虚无的道理。考:考究,考索。三代:指夏、商、周三代。仡(yì)然:屹然不动的样子。

⑤有为:有所作为,指儒家的学说。栖神导气之术:凝神专一,摄气运息之术,是道家保其根本、养其元神之术,指道家的学说。

⑥啾(jiū)然:即啾(jiū)然,形容声音众多。鼓吹:汉魏六朝开始盛行的一个重要乐种,指用鼓、箫、笳等在一起演奏。

【译文】

步兵校尉阮籍吹口哨,声音能传数百步那么远。苏门山里忽然来了个得道的真人,上山砍柴的樵夫们都这么传说。阮籍便去苏门山查探情况,看见那个人抱膝坐在山岩上,于是就登上山岭去见他,两人都伸开两腿对坐着。阮籍评论自古以来的事,往上述说黄帝、神农时代玄妙虚无的道理,往下考究夏、商、周三代深厚的美德,并拿这些来问他,那人屹然不动,也不回答他的问题。阮籍又另外说到儒家有所作为的主张,道家凝神专一、摄气运息的方法,来看他的反应,他还是像先前那样,目不转睛地凝视着阮籍,一言不发。阮籍便对着他吹了个长长的口哨儿。过了好一会儿,他才笑着说:"可以再吹一次。"阮籍又吹了一次。待到意兴已尽,阮籍便下山回去,大约退回到半山腰处,听到山顶上众音齐鸣,好像几架乐器在进行合奏,树林山谷中也传来了回声。阮籍回头一看,原来是刚才那个人在吹口哨。

【原文】

阮光禄在东山,萧然无事,常内足于怀①。有人以问王右军,右军曰:"此君近不惊宠辱,虽古之沈冥,何以过此。②"

【注释】

①阮光禄:阮裕,字思旷,曾任金紫光禄大夫。萧然:清静悠闲的样子。无事:无世事打扰。

②王右军:王羲之,字逸少,曾任右军将军。沈冥:幽居匿迹,这里指沉冥的人,即隐居的人,隐士。

【译文】

光禄大夫阮裕早期隐居东山,清静悠闲,无世事相扰,内心一直很知足。有人以此问右军将军王羲之,王羲之说:"这位先生已近于不因荣辱而动心的境界,就是古时的隐士,在这一方面也未必能超过他啊!"

【原文】

戴安道既厉操东山①,而其兄欲建式遏之功②。谢太傅曰:"卿兄弟志业,何其太殊?③"戴曰:"下官不堪其忧,家弟不改其乐。④"

【注释】

①戴安道:戴逵,字安道,谯郡铚县(今安徽濉溪)人。博学多才,是

东晋时期的画家、雕塑家。在会稽郡东山隐居终身。厉操:磨炼情操,使情操高尚,指隐居。

②其兄:指戴逯,字安丘,谯郡铚县(今安徽濉溪)人,以武勇显名,因功封广陵侯,官至大司农。式遏:防卫、抵御,指保卫国家。语出《诗经·大雅·民劳》:"式遏寇虐",式是句首语气词,遏是阻止,虐指残害,句意指阻止坏人侵犯残害百姓。

③谢太傅:谢安,字安石,死后追赠太傅。志业:志向与事业。殊:不同。

④"下官"句:语出《论语·雍也》,孔子说:"贤哉回也!一箪食,一瓢饮,在陋巷,人不堪其忧,回也不改其乐。"

【译文】

戴安道在东山隐居,磨炼情操,他哥哥戴逯却想保卫国家,建功立业。太傅谢安对他哥哥说:"你们兄弟二人的志向和事业,差异为什么那么大呢?"戴逯回答说:"下官受不了隐居的那种忧愁,舍弟却改不了隐居的那种乐趣。"

【原文】

许玄度隐在永兴南幽穴中,每致四方诸侯之遗①。或谓许曰:"尝闻箕山人似不尔耳。②"许曰:"筐篚苞苴,故当轻于天下之宝耳。③"

【注释】

①许玄度:许询,字玄度,寓居会稽山阴(今浙江绍兴)。曾被征为议郎、吏部郎、司徒掾等,均坚辞不出任。终生不仕,隐居永兴西山。好游山东,善竹玄理,是当时清谈家的领袖之一,东晋玄言诗的代表人物。每:经常,常常。致:招致,引来。诸侯:指掌握军政大权的地方长官。遗(wèi):赠送。

②或:有人。箕山人:指尧时的隐士许由,相传许由在箕山隐居,尧

想把君位让给他,后来又想任他为九州长,他都拒绝了。不尔:不如此。

③筐篚(fěi):盛物竹器,方曰筐,圆曰篚,这里用作动词,指用筐篚装着。苞苴(jū):本意为包装鱼肉等用的草袋,这里指馈赠的礼物。天下之宝:指天子之位。按:许玄度的意思是指许由尚且招来尧的让位,自己得到这些薄礼与之相比不算什么。

【译文】

许玄度在会稽郡永兴县南幽深的岩洞中隐居,常常引来四面八方的高官贵人对他进行馈赠。有人对许玄度说:"我曾听说过居住箕山的隐士许由的事迹,他似乎不是这样做的呀!"许玄度说:"我得到的不过是用竹筐装着的礼物,这应当比天子之位要轻微很多呀。"

贤媛第十九

《贤媛》是《世说新语》第十九门，共32则。贤媛，指德才兼备的贤良女子。传统儒家礼仪要求妇女具备四种美德，即妇德、妇言、妇容、妇功。本门所记叙的女子，选取标准则以有德行、有才智为主。本门主要记载了魏晋时期24位德才兼备的贤媛的事迹。她们或者品格高洁、深明大义、德行兼备；或者性格刚强、气度非凡、机敏善辩；或者才智过人、见识出众、遇事有远见卓识。从本门记叙中，可以看出魏晋时期人们最为看重的女性美德，也可以一睹当时杰出女子的风采。本书节选了其中4则。

【原文】

汉元帝宫人既多，乃令画工图之，欲有呼者，辄披图召之①。其中常者，皆行货赂②。王明君姿容甚丽，志不苟求，工遂毁为其状③。后匈奴来和，求美女于汉帝，帝以明君充行。既召见而惜之，但名字已去，不欲中改，于是遂行④。

【注释】

①汉元帝：刘奭（shì），西汉第十一位皇帝，公元前49年即位，前33

年病逝,谥号孝元皇帝。从汉元帝开始,西汉由盛转衰。宫人:后宫嫔妃、宫女的通称,这里指嫔妃。图:指画图。披图:展阅图籍、图画等。

②常者:指相貌平庸之辈。货赂:贿赂。

③王明君:即王昭君,名嫱(qiáng),字昭君,南郡秭归(今湖北宜昌)人,中国古代四大美女之一。汉元帝建昭元年(前38年)入宫,竟宁元年(前33年),奉命嫁与匈奴呼韩邪单于,号为宁胡阏氏,育有一子。建始二年(前31年),呼韩邪单于去世。汉成帝敕令"从胡俗",复嫁单于长子复株累单于,育有二女。去世后,葬于呼和浩特市南郊。晋时,为避司马昭讳,改称明君,史称明妃。苟求:无原则地求取。状:形状,这里指容貌。

④中改:指中途更改。

【译文】

汉元帝刘奭后宫的妃嫔太多了,于是就派画工去画下她们的模样,想要召唤她们时,就翻看画像册,按图像来决定召见谁。妃嫔中那些相貌一般的人,都向画工进行贿赂。王昭君容貌非常美丽,不愿意用不正当的手段去乞求画工,于是画工在为她画像时,就丑化了她的容貌。后来匈奴前来求和,向汉元帝请求赐予美女,汉元帝便拿王昭君充当美女,令她嫁去匈奴。临行前,元帝召见了王昭君,看见她容貌出众,于是又很惋惜不舍,但是名字已经告知了匈奴,不想中途更改,于是昭君终于还是远嫁去了匈奴。

【原文】

许允妇是阮卫尉女,德如妹,奇丑①。交礼竟,允无复入理,家人深以为忧②。会允有客至,妇令婢视之,还答曰:"是桓郎。"桓郎者,桓范也③。妇云:"无忧,桓必劝入。"桓果语许云:"阮家既嫁丑女与卿,故当有意,卿宜察之。"许便回入内,既见妇,即欲出。妇料其此出无复入理,便捉裾停之④。许因谓曰:"妇有四德,卿有其几?⑤"妇曰:"新妇所乏唯容尔。然士有百行,君有几?⑥"许云:"皆备。"妇曰:"夫百行以德为首,君好色不好德,何谓皆备!"允有惭色,遂相敬重。

【注释】

①许允:字士宗,高阳(治今河北高阳)人。三国时期曹魏官员、名士。曾任尚书选曹郎、郡守、侍中、尚书、中领军等职。后被流放,卒于途中。阮卫尉:阮共,字伯彦,陈留郡(治今河南开封)人,魏时官至卫尉卿。德如:阮侃,字德如,阮共少子,官至河内太守。

②交礼:指婚礼中的交拜礼。竟:完毕。理:理由,这里指打算、意图。

③桓范:字元则,沛郡(治今安徽濉溪)人,善于绘画,著有《世要论》(即《桓范新书》);历任中领军、尚书、东中郎将、兖州刺史、大司农等职;249年,高平陵政变后,与曹爽等人同为司马懿所杀。

④裾:衣服的大襟,也指衣服的前后部分。

⑤四德:即妇德、妇言、妇容、妇功。

⑥百行:指各种好的品行。

【译文】

许允的妻子是卫尉卿阮共的女儿,阮侃的妹妹,长相特别丑。两人新婚行完交拜礼后,许允没有再进新房的打算,家里人都十分担忧。正好有位客人来拜访许允,新娘便叫婢女去打听是谁,婢女回报说:"是桓郎。"桓郎就是桓范。新娘说:"不用担心,桓范一定会劝他进来的。"桓范果然劝许允说:"阮家既然嫁个丑女给你,想必是有一定想法的,你应该再观察一下。"许允便进入新房,看见新娘,立刻就又想转身退出。新娘料定他这一走再也不可能进来了,就拉住他的衣襟让他留下。许允便问她说:"女子有四种美德:妇德、妇言、妇容、妇功,你有其中的几种?"新娘说:"我所缺少的只是容貌罢了。可是读书人应该具有各种好的品行,您有几种?"许允说:"我样样都有。"新娘说:"各种好品行里首要的就是德。可是您爱色不爱德,怎么能说样样都有!"许允听了,脸有愧色,从此夫妇俩便相敬如宾。

【原文】

山公与嵇、阮一面,契若金兰[1]。山妻韩氏,觉公与二人异于常交,问公。公曰:"我当年可以为友者,唯此二生耳!"[2]妻曰:"负羁之妻亦亲观狐、赵,意欲窥之,可乎?"[3]他日,二人来,妻劝公止之宿,具酒肉。夜穿墉以视之,达旦忘反[4]。公入曰:"二人何如?"妻曰:"君才致殊不如,正当以识度相友耳。"[5]公曰:"伊辈亦常以我度为胜。"

【注释】

[1]山公:指山涛。嵇:指嵇康。阮:指阮籍。契若金兰:契指相合、相投,比喻朋友之间情意相投;语出《周易·系辞上》:"二人同心,其利断金;同心之言,其臭如兰。"

[2]当年:指有生之年。

[3]负羁:即僖负羁,又名釐负羁,春秋时期曹国大夫。狐、赵:指狐偃、赵衰;狐偃,字子犯,春秋时晋国国卿,晋文公重耳之舅,随重耳逃亡在外19年,后帮助晋文公改革内政,平定外乱,协助晋文公当上霸主;赵衰,即赵成子,名衰(cuī),字子余,一曰子馀,是辅佐晋文公称霸的五贤士之一。按:狐偃、赵衰等人跟随晋公子重耳流亡时经过曹国,曹大夫僖负羁的妻子经过观察,认为狐偃、赵衰等是相国之才,能辅助重耳回国为君,建议丈夫私下接待重耳等人,以免将来得祸。

④具：备办。堵：墙壁。反：通"返"。

⑤才致：才情，才华。殊：特别，很。正：只，只是。识度：见识与气度。

【译文】

山涛和嵇康、阮籍见一次面后，就情意相投。山涛的妻子韩氏，发现山涛和嵇康、阮籍两人的交情很不一般，就问山涛。山涛说："我有生之年可以看成朋友的人，只有这两位先生罢了！"他妻子说："僖负羁的妻子曾亲自观察过狐偃和赵衰，我也想偷偷观察一下嵇康和阮籍，可以吗？"有一天，他们两人来了，山涛的妻子韩氏就劝山涛留他们住下来，并且为他们准备好酒肉。到夜里，就在墙上挖个洞来观察他们，一直看到天亮，都忘了回去。山涛进入里屋问道："这两个人怎么样？"他妻子说："您的才情志趣远远比不上他们，只能靠见识、气度和他们相交为友罢了。"山涛说："他们也常常认为我的见识气度更胜一筹。"

【原文】

陶公少有大志，家酷贫，与母湛氏同居①。同郡范逵素知名，举孝廉，投侃宿②。于时冰雪积日，侃室如悬磬，而逵马仆甚多③。侃母湛氏语侃曰："汝但出外留客，吾自为计。"湛头发委地，下为二髲，卖得数斛米④。斫诸屋柱，悉割半为薪，剉诸荐以为马草⑤。日夕，遂设精食，从者皆无所乏⑥。逵既叹其才辩，又深愧其厚意。明旦去，侃追送不已，且百里许⑦。逵曰："路已远，君宜还。"侃犹不返。逵曰："卿可去矣。至洛阳，当相为美谈。"侃乃返。逵及洛，遂称之于羊晫、顾荣诸人，大获美誉⑧。

137

【注释】

　　①陶公:指陶侃。酷贫:极其贫困。湛氏:新淦人,陶丹妻,陶侃母。
　　②范逵:鄱阳(今属江西)人,曾举孝廉,生平事迹不详。举孝廉:是汉朝的一种由下向上推选人才为官的制度;孝廉,即孝子廉吏。
　　③悬磬:悬挂着的磬。形容空无所有,很贫穷。磬,乐器,中间是空的。
　　④委地:拖落于地上,指头发很长。髲(bì):假发。斛(hú):古代容量单位,一斛本为十斗,南宋末年改为五斗。
　　⑤斫(zhuó):砍,削。剉(cuò):铡切。荐:草垫。
　　⑥日夕:傍晚。精食:精美的食物。
　　⑦追送:跟随送行。
　　⑧羊晫(zhuó):鄱阳人,陶侃的同乡,很有名望,当时任豫章国郎中令。

【译文】

　　陶侃年少时就胸怀大志,家境却极其贫困,和母亲湛氏住在一起。同郡人范逵一向很有名望,被举荐为孝廉,有一次到陶侃家借宿。当时,冰雪天气已经持续好几天了,陶侃家里一无所有,可是范逵的车马仆从很多。陶侃的母亲湛氏对陶侃说:"你只管到外面去留下客人,我自己来想办法。"湛氏头发很长,一直拖到地上,她剪下来做成两条假发,卖掉后换了几斛米。又把屋子里每根柱子都削下一半来做柴烧火,把草垫子都剁了做草料喂马。到傍晚,便摆上了精美的饮食,随从的人也都不缺乏什么。范逵既赞赏陶侃的才智和应变能力,又对陶家的盛情款待非常感动。第二天早晨,范逵告辞,陶侃跟随着送了一程又一程,快要送到百里左右。范逵说:"路已经走得很远了,您应该回去了。"陶侃还是不肯回去。范逵说:"你可以放心地回去了。我到了京都洛阳,一定会给你极力美言一番的。"陶侃这才回去。范逵到了洛阳,就在羊晫、顾荣等人面前大力称赞陶侃,使他得到了极高的好名声。

术解第二十

《术解》是《世说新语》第二十门,共11则。术解,指精通技艺或方术。技艺指富于技巧性的技能,方术指医学、卜筮等术。本门记载的主要是几位精通技艺或方术的魏晋时期名士的故事。其中4则故事记载的是一些有特殊技能的事例,包括精通音律、品鉴食物、善于品酒、相马等。其余7则属于通晓方术,其中又以著名方术士郭璞的事迹为主,从中可以看出方术在士族阶层还是有一定影响力的。本书节选了其中2则。

【原文】

人有相羊祜父墓,后应出受命君①。祜恶其言,遂掘断墓后以坏其势。相者立视之,曰:"犹应出折臂三公。②"俄而祜坠马折臂,位果至公。

【注释】

①受命君:指受天之命的君主,这里是指祖坟有帝王之气。

②三公:三公为古官名,其说法各异,晋代的三公指太尉、司徒、司空,另有一说认为三公指太师、太傅、太保。按:羊祜官至征南大将军,死后追赠太傅,属于三公。

【译文】

　　有个会看风水的人看了羊祜父亲的坟墓,说后代应该出真命天子。羊祜很厌恶他说的话,就把坟墓后面挖断,以便破坏坟墓的气脉。看风水的人马上又去看,说道:"还是应该能出个断了手臂的三公。"不久羊祜从马背上跌落下来,摔断了手臂,后来官职也果然升到了三公的位置。

【原文】

　　郗愔信道甚精勤①。常患腹内恶,诸医不可疗。闻于法开有名,往迎之②。既来,便脉云:"君侯所患,正是精进太过所致耳。③"合一剂汤与之。一服即大下,去数段许纸如拳大;剖看,乃先所服符也。

【注释】

　　①道:指天师道,又称"五斗米道",从其受道者须纳五斗米而得名,天师道相信喝符水可以治病,无病也可服符。精勤:专心勤勉。
　　②于法开:晋代僧人,精通医术及佛释之道。
　　③君侯:对列侯和尊贵者的尊称。精进:佛教用语,指专心无杂念,毫不懈怠,这里指对道教的虔诚。

【译文】

　　郗愔信奉天师道非常虔诚。他经常肚子不舒服,很多医生都治疗不好这个毛病。听说于法开有精通医术的名气,就去接他来看病。于法开来了后便先给他把脉,把完脉说:"君侯得的病,恰恰是因为太过于虔诚而引起的呀!"于是就配了一副汤药给郗愔。郗愔一服下药之后就大泻,拉出几堆像拳头那么大的纸团;把纸团剖开一看,原来都是先前所服用的纸符。

巧艺第二十一

《巧艺》是《世说新语》第二十一门，共14则。巧艺，指精巧的技艺。本门中描述的技艺主要是指棋琴书画、建筑、骑射等。文中主要记载了魏晋时期士大夫阶层具备某项或某几项高超的巧艺，其中以对画家，尤其是顾恺之的描述和赞扬为主，可以看出当时绘画艺术的发展水平和绘画重在传神的特点。本门中有一则记载了能工巧匠的高超精巧的建筑艺术，可以看出我国古代建筑技术达到的高度成就，这也是《世说新语》中少见的未提及士族名士的一则故事。本书节选了其中3则。

【原文】

陵云台楼观精巧，先称平众木轻重，然后造构，乃无锱铢相负揭①。台虽高峻，常随风摇动，而终无倾倒之理。魏明帝登台，惧其势危，别以大材扶持之，楼即颓坏②。论者谓轻重力偏故也。

【注释】

①陵云台：楼台名，在河南洛阳，今不存。楼观：即楼台。造构：建造，构筑。锱铢：旧制锱为一两的四分之一，铢为一两的二十四分之一；比喻极其微小的数量。负揭：指秤杆的下垂与翘起。

②魏明帝：曹叡，曹丕长子，曹魏第二位皇帝。大材：指大的木材。

【译文】

陵云台楼台精巧，建造之前先称过所有木材的轻重，使四面所用木材的重量相等，然后才构筑楼台，因此四面木材的重量没有一分一毫的差别。楼台虽然高耸峻拔，常随风摇动，可是始终不会有倒塌的可能。魏明帝曹叡登上陵云台，害怕楼台情况危险，就命令另外用大的木材支撑着它，结果楼台随即就倒塌了。当时的舆论都认为是因为重心偏向一边的缘故。

【原文】

顾长康画裴叔则，颊上益三毛①。人问其故，顾曰："裴楷俊朗有识具，正此是其识具。②"看画者寻之，定觉益三毛如有神明，殊胜未安时③。

【注释】

①顾长康：顾恺之，字长康，晋陵无锡（今属江苏）人。曾为桓温、殷仲堪参军，散骑常侍等职。博学多才，工诗赋、书法，尤善绘画。世传共有三绝：才绝、画绝、痴绝。裴叔则：裴楷，字叔则。益：增加。

②朗：俊逸爽朗。识具：才识。

③寻：寻思，探究。定：确实。神明：神韵。殊：特别，很。

【译文】

顾长康给裴叔则画像，脸颊上多画了三根胡子。有人问他是什么原因，顾长康说："裴楷俊逸爽朗，才识过人，这恰恰是用于表现他的才识。"看画的人认真探究起画像来，确实觉得增加了三根胡子就如同增添了神韵，远远胜过还没有添上的时候。

【原文】

顾长康画人,或数年不点目精①。人问其故,顾曰:"四体妍蚩,本无关于妙处②;传神写照,正在阿堵中③。"

【注释】

①或:有的。目精:眼珠。
②四体:四肢,这里泛指形体。妍蚩(chī):同"妍媸",美丑。
③传神:指生动地表现出人物的神情意态。写照:摹画人像。阿堵:六朝人口语,犹这、这个,此处指眼珠。

【译文】

顾长康画人像,有的画像几年都没有画上眼睛。有人问他什么原因,他说:"人的形体的美丑,本来和神妙之处没有什么关系;摹画人像要能生动地表现出人物的神情意态,正是在这眼珠里面。"

宠礼第二十二

《宠礼》是《世说新语》第二十二门，共6则。宠礼，即宠幸和礼遇之意，指得到帝王将相、王公重臣等的厚待。西晋灭亡后，政权南迁，在江南建立东晋王朝。朝廷内部皇权软弱，士族力量强大；外部与北方的五胡十六国并存，外族虎视眈眈。为了稳定政权、扩张势力，各级统治者都需要延揽人才、笼络人心，而宠礼是其中简单有效的方法之一。本门主要记载了东晋时期皇上恩宠臣子或者上级厚待下级的故事，从中可以映射出封建等级制度下人们的生活和心理状态。本书节选了其中1则。

【原文】

孝武在西堂会，伏滔预坐①。还，下车呼其儿，语之曰："百人高会，临坐未得他语②，先问：'伏滔何在？在此不？'此故未易得。为人作父如此，何如？"

【注释】

①孝武：即晋孝武帝司马曜（yào），东晋第九任皇帝。公元372－396年在位。太元元年（376）始亲政。淝水之战大败前秦苻坚军。伏滔：字玄度，东晋平昌安丘（今山东安丘）人。曾任大司马桓温参军，深得其器重。随温伐袁真，平寿阳，以功封闻喜县侯。晋孝武帝太元中，拜

著作郎,后迁游击将军。预坐:入座。

②高会:指大规模地聚会。临坐:在坐下之前,在即将就座的时候。

【译文】

晋孝武帝司马曜在西堂会见群臣,伏滔也在座。伏滔回到家后,一下车就叫他儿子来,告诉儿子说:"举行上百人的盛会,皇上在即将就坐的时候,还来不及说别的话,就先问:'伏滔在哪里?在这里吗?'这种荣誉本是不容易得到的,我这个做父亲的能达到这样,你觉得怎么样?"

任诞第二十三

《任诞》是《世说新语》第二十三门，共54则。任诞，指任性放纵，不受约束。魏晋时期，盛行清谈、玄学，崇尚自然，强调个性自由，于是任诞就成了魏晋名士们生活方式的主要表现之一。本门主要记载了魏晋时期士大夫阶层的各种任诞行为，主要表现在以下三个方面：首先，蔑视礼教，不拘礼法；其次，在任何场合、任何时间地点都饮酒作乐，或以酒为生活的唯一乐趣；再次，言行举止随心所欲，不加约束等等。魏晋时期，名士们的任诞言行对反礼教来说有一定意义，但从今天的眼光来看，多数任诞行为是并不可取的，有的甚至可以说是一种不负责任的无赖做派。本书节选了其中15则。

【原文】

陈留阮籍、谯国嵇康、河内山涛，三人年皆相比，康年少亚之①。预此契者②：沛国刘伶、陈留阮咸、河内向秀、琅邪王戎③。七人常集于竹林之下，肆意酣畅，故世谓"竹林七贤"④。

【注释】

①相比：相近，差不多。少：通"稍"，稍微。亚：次于，这里指年龄小

一些。

②预:参与。契:契会,聚会。

③刘伶:字伯伦,沛国(治今安徽濉溪)人,魏晋时期名士,"竹林七贤"之一。嗜酒不羁,好老庄之学。曾为建威将军王戎幕府参军,晋武帝泰始初被罢免,著有《酒德颂》等。阮咸:字仲容,陈留尉氏(今河南开封尉氏县)人,"竹林七贤"之一。阮籍之侄,与阮籍并称为"大小阮"。曾任散骑侍郎、始平太守等职。生平放荡不羁,精通音律。向秀:字子期,河内怀县(今河南武陟)人,"竹林七贤"之一。雅好读书,喜好读书,喜谈老庄之学。初隐居不仕,后为避祸出仕,历任黄门侍郎、散骑常侍。

④肆意:放肆地,无所顾忌地。酣畅:尽情畅饮。

【译文】

陈留郡的阮籍、谯国的嵇康、河内郡的山涛,这三个人年纪都相仿,嵇康的年纪比他们俩稍小些。经常参与他们聚会的人还有:沛国的刘伶、陈留郡的阮咸、河内郡的向秀、琅邪郡的王戎。这七个人经常在竹林之下聚会,毫无顾忌地开怀畅饮,所以世人把他们叫作"竹林七贤"。

【原文】

刘公荣与人饮酒,杂秽非类,人或讥之①。答曰:"胜公荣者不可不与饮,不如公荣者亦不可不与饮,是公荣辈者又不可不与饮。②"故终日共饮而醉。

【注释】

①刘公荣:刘昶,字公荣,沛国人,三国时魏名士。为人通达,性嗜酒。官至兖州刺史。杂秽:杂乱不纯。非类:不是同类的人,这里指身份、门第不同类的人。讥:指责,非议。

②辈:同一类别、等级。

【译文】

　　刘公荣和别人喝酒时,会和不同身份、不同地位的人在一起喝,人员杂乱不纯,有人因此指责他。他回答说:"胜过我的人,我不能不和他一起喝;不如我的人,我也不能不和他一起喝;和我同等的人,更不能不和他一起喝。"所以他整天都会因为和别人一起饮酒而醉倒。

【原文】

　　　刘伶恒纵酒放达,或脱衣裸形在屋中,人见讥之[①]。伶曰:"我以天地为栋宇,屋室为裈衣,诸君何为入我裈中![②]"

【注释】

　①放达:豪放豁达,不拘礼俗。讥:指责。
　②栋宇:指房屋。裈(kūn):裤子。

【译文】

　　刘伶经常不加节制地喝酒,个性豪放豁达,不拘礼俗,有时在家里赤身裸体,有人看见了就责备他。刘伶说:"我把天地当作我的房子,把屋子当作我的上衣和裤子,诸位为什么跑进我裤子里来!"

【原文】

　　　阮公邻家妇,有美色,当垆酤酒[①]。阮与王安丰常从妇饮酒,阮醉,便眠其妇侧[②]。夫始殊疑之,伺察,终无他意[③]。

【注释】

　①阮公:指阮籍。当垆(lú):对着酒垆,在酒垆前。垆,古时酒店里

安放酒瓮的土台子。酤酒:卖酒。

②王安丰:王戎,曾封安丰县侯。

③殊:特别,很。伺察:观察,探察。

【译文】

阮籍邻居家的主妇,容貌很漂亮,在酒垆旁卖酒。阮籍和安丰侯王戎常常到这家主妇那里买酒喝,阮籍喝醉了,就睡在那位主妇身旁。那家的丈夫最初特别怀疑阮籍,注意观察他的行为,但自始至终也没有发现他有别的意图。

【原文】

阮仲容、步兵居道南,诸阮居道北①。北阮皆富,南阮贫。七月七日,北阮盛晒衣,皆纱罗锦绮②。仲容以竿挂大布犊鼻裈于中庭③。人或怪之,答曰:"未能免俗,聊复尔耳!"

【注释】

①阮仲容:阮咸,字仲容,阮籍之侄。步兵:指阮籍,字嗣宗,曾任步兵校尉。

②盛:盛大地,大张旗鼓地。按:七月七日晒衣裳、书籍是古时候的习俗,据说这样就会防止虫蛀。

③大布:指麻制的粗布。犊鼻裈(dú bí kūn):一种齐膝的短裤,形如犊鼻(牛鼻),故有此名。中庭:庭中,庭院之中。

【译文】

阮仲容、步兵校尉阮籍住在道路的南边,其他阮姓诸人住在道路的北边。住在道路北边的阮家人都很富有,住在道路南边的阮家人比较贫穷。七月七日那天,道路北边的阮家大张旗鼓地晾晒衣服,晒的都是华贵的绫罗绸缎。阮仲容也用竹竿挂起一条用棉麻粗布做成的短裤,晒在庭院之中。有人对他这样的做法感到奇怪,问他原因,他回答说:"我还不能免除世俗之情,姑且也这样做做罢了!"

【原文】

　　阮宣子常步行,以百钱挂杖头,至酒店,便独酣畅①。虽当世贵盛②,不肯诣也。

【注释】

①阮宣子:阮修,字宣子。酣畅:尽情畅饮。
②贵盛:指高贵显赫的人物。

【译文】

　　阮修常常步行外出,拿一百钱挂在手杖上,到酒店里,就独自尽情地畅饮。即使是当时的高贵显赫的人物,他也不肯主动登门拜访。

【原文】

　　张季鹰纵任不拘,时人号为"江东步兵"①。或谓之曰:"卿乃可纵适一时,独不为身后名邪?"②答曰:"使我有身后名,不如即时一杯酒!"

【注释】

①纵任:放纵,听任。江东:即江左,吴郡在江左。步兵:指阮籍,字嗣宗,曾任步兵校尉。
②乃可:同"那可",哪可,岂可。纵适:恣意安适。身后:婉辞,与生前相对,指死后,过世之后。

150

【译文】

　　张翰放诞不羁,不拘礼仪,当时的人称他为"江东步兵"。有人对他说:"你怎么可以恣意安逸一时,难道不考虑过世之后的名声吗?"张翰回答说:"与其让我死后有好的名声,还不如现在喝上一杯酒!"

【原文】

　　周伯仁风德雅重,深达危乱①。过江积年,恒大饮酒,尝经三日不醒②,时人谓之"三日仆射"。

【注释】

　　①周伯仁:周颛(yǐ),字伯仁,汝南安成(今河南汝南)人。承袭父爵武城侯,曾任尚书吏部郎、荆州刺史、太子少傅等职,官至尚书左仆射。达:通晓。
　　②积年:历年,多年。大饮:指饮酒过量。

【译文】

　　周伯仁风格德行高尚庄重,深切了解国家的危乱。过江以后,多年都是经常大量饮酒,曾经一连三天都没醒酒。当时的人把他叫作"三日仆射"。

【原文】

　　殷洪乔作豫章郡,临去,都下人因附百许函书①。既至石头,悉掷水中,因祝曰②:"沉者自沉,浮者自浮,殷洪乔不能作致书邮!"

【注释】

　　①殷洪乔:殷羡,字洪乔,东晋陈郡长平(今河南西华)人,殷浩之父,

历任长沙相、豫章太守、光禄勋等职。作豫章郡:指出任豫章太守一职。

②石头:即石头城,故址在今南京市清凉山。祝:祷告。

【译文】

殷洪乔出任豫章太守,临走时,京都人士趁便托他代送书信,多达一百来封。他走到石头城时,把信全都扔到江里,接着祷告说:"要沉的自己沉下去,要浮的自己浮起来,我殷洪乔不能做送信的邮差!"

【原文】

王、刘共在杭南,酣宴于桓子野家①。谢镇西往尚书墓还,葬后三日反哭②。诸人欲要之,初遣一信,犹未许,然已停车③。重要,便回驾④。诸人门外迎之,把臂便下。裁得脱帻著帽,酣宴半坐,乃觉未脱衰⑤。

【注释】

①王:指王濛。刘:指刘惔。杭南:即朱雀桁南,指乌衣巷。东晋时,王、谢诸名族聚居在这里。桓子野:桓伊,字叔夏,小字子野。谯国铚县(今安徽濉溪)人。丹阳尹桓景之子。为人谦素,善吹笛,有"笛圣"之称。历任大司马参军、豫州刺史、江州刺史、护国将军等职。封永修县侯,死后追赠右将军、散骑常侍。

②谢镇西:谢尚,字仁祖,陈郡阳夏(今河南太康)人。谢安从兄。精通音律,工于书法,擅长清谈。世袭父爵咸亭侯,曾任豫州刺史,镇西将军等要职。尚书:即谢裒(póu),字幼儒,陈郡阳夏(今河南太康)人。谢安之父,谢尚叔父。八王之乱后,与家族一起南下,历任参军、吏部尚书、国子祭酒等职。卒于任上,追赠太常卿。反哭:古丧礼仪式,葬后迎死者神主回祖庙,并哭祭。

③要:通"邀",邀请。

④重邀:再次邀请。

⑤裁:通"才"。帻(zé):头巾。帽:指便帽,日常戴的帽子。衰(cuī):古代用粗麻布制成的毛边丧服。

【译文】

王濛和刘惔一同在乌衣巷桓子野家开怀畅饮。这时,镇西将军谢尚从他叔父、尚书谢裒的陵墓回来,他是在谢裒安葬后三天奉神主回祖庙哭祭。大家想邀请他来一起喝酒,开头派个送信人去请,他还没有答应,可是已经把车停下了。再次派人去请,谢尚便掉转车头来了。大家都到门外去迎接,他就拉着别人的手下了车。进门后,刚刚才脱下头巾,戴上便帽就入座了,喝酒一直喝到中途,才发觉还没有脱掉孝服。

【原文】

王子猷尝暂寄人空宅住,便令种竹。或问:"暂住何烦尔!"王啸咏良久,直指竹曰:"何可一日无此君①!"

【注释】

①君:此处以"君"称竹,是把竹子比作气质高雅之士。

【译文】

王子猷曾经暂时借住别人的空房,随即便让家人种上竹子。有人问他:"暂时住一下而已,何必这样麻烦!"王子猷吹口哨吹了好一会,才指着竹子说:"怎么可以一天没有这位君子!"

【原文】

王子猷居山阴①。夜大雪,眠觉,开室,命酌酒②。四望皎然,因起彷徨,咏左思《招隐》诗③。忽忆戴安道,时戴在剡,即便夜乘小船就之④。经宿方至,造门不前而返⑤。人问其故,王曰:"吾本乘兴而行,兴尽而返,何必见戴!"

【注释】

①山阴:县名,今浙江省绍兴县。按:王子猷弃官东归后,住在山阴县。
②眠觉(jué):睡醒了。
③四望:眺望四方。彷徨:同"徘徊",来回走动。《招隐》诗:左思的作品,主要写寻访隐士和对隐居生活的羡慕。
④戴安道:戴逵,字安道,著名画家,终生未仕。剡:剡县,今浙江嵊州,有剡溪可通往山阴县。
⑤方:才。造门:到了门口。

【译文】

王子猷住在山阴县。有一夜下大雪,他一觉醒来,打开房门,叫家人斟酒来喝。他眺望四方,一片皎洁,于是起身来回走动,朗诵左思的《招隐》诗。忽然想起隐士戴安道,当时戴安道住在剡县,他立即连夜坐小船到戴家去。船行了一夜才到,到了戴家门口,没有进去,就又原路返回了。别人问他是什么原因,王子猷说:"我本是趁着一时兴致去的,兴致没有了就回来,为什么一定要见到戴安道呢!"

【原文】

　　王子猷出都,尚在渚下①。旧闻桓子野善吹笛,而不相识②。遇桓于岸上过,王在船中,客有识之者,云是桓子野。王便令人与相闻③,云:"闻君善吹笛,试为我一奏。"桓时已贵显,素闻王名,即便回下车,踞胡床,为作三调④。弄毕,便上车去⑤。客主不交一言。

【注释】

①出都:到京都去。渚下:指码头。
②按:《晋书》本传说桓子野"善音乐,尽一时之妙,为江左第一"。
③相闻:互通信息。
④踞:坐。胡床:一种可以折叠的轻便坐具。三调:指三支曲子。
⑤弄:演奏。

【译文】

王子猷坐船进京,还停泊在码头上,没有上岸。过去曾听说过桓子野擅长吹笛子,可是并不认识他。这时正碰上桓子野从岸上经过,王子猷在船中,听到有个认识桓子野的客人说,那是桓子野。王子猷便派人替自己传个话给桓子野,说:"听说您擅长吹笛子,请试着为我吹奏一曲。"桓子野当时已经做了大官,一向也听到过王子猷的名声,立刻就掉头下车,上船坐在胡床上,为王子猷吹了三支曲子。吹奏完毕,就上车走了。宾主双方一句话也没有交谈。

【原文】

王孝伯问王大①:"阮籍何如司马相如?②"王大曰:"阮籍胸中垒块,故须酒浇之。③"

【注释】

①王孝伯:指王恭,字孝伯。王大:王忱(chén),字元达,小字佛大。东晋太原晋阳(今山西太原)人,中书令王坦之第四子。曾任骠骑长史。太元中,出为荆州刺史,建武将军,都督荆、益、宁三州军事。公元392年卒于官,谥曰穆。
②司马相如:字长卿,是汉代著名的辞赋家,《高士传》说他"仕宦不慕高爵,常托疾不与公卿大事。终于家"。

③垒块：比喻胸中堆积的不平之气。

【译文】

　　王孝伯问王大："阮籍比起司马相如怎么样？"王大说："阮籍心里堆积着很多不平之气，所以需要借酒浇愁。"

【原文】

　　王孝伯言："名士不必须奇才，但使常得无事，痛饮酒，熟读《离骚》，便可称名士。①"

【注释】

　　①按：王恭官至前将军、青兖二州刺史，曾先后两度起兵讨伐朝臣，但在第二次起兵时因刘牢之叛变而兵败，后被捕并被处死。余嘉锡在《世说新语笺疏》中说："《赏誉篇》云：'王恭有清辞简旨，而读书少。'此言不必须奇才，但读《离骚》，皆所以自饰其短也。恭之败，正坐不读书。故虽有忧国之心，而卒为祸国之首，由其不学无术也。"

【译文】

　　王孝伯说："做名士不一定需要具备特殊的才能，只要能经常无事，尽情地喝酒，熟读《离骚》，就可以称为名士。"

简傲第二十四

《简傲》是《世说新语》第二十四门,共17则。简傲,即简慢高傲,也就是在与人交往时傲慢失礼。本门主要记载了魏晋士族名士们在接人待物时简傲无礼的故事。这17则故事可以分为两类,第一类记叙了名士们看淡权势、不屈从权贵、鄙薄功名利禄之徒的言谈举止,这是真名士风流的表现;第二类描绘了名士们狂妄自大、举止轻浮、不近人情的行径举动,这与魏晋时期门阀制度盛行、士族阶层享有各种特权有关。这种行为,尤其是第二类,在今天看来是没有礼貌的表现,是不可取的。本书节选了其中4则。

【原文】

钟士季精有才理,先不识嵇康①。钟要于时贤俊之士,俱往寻康②。康方大树下锻,向子期为佐鼓排③。康扬槌不辍,傍若无人,移时不交一言④。钟起去,康曰:"何所闻而来?何所见而去?"钟曰:"闻所闻而来,见所见而去。"

【注释】

①才理:才思。

②要:通"邀",邀请。贤俊:才能德行出众。

③方:正在。锻:把金属放在火里烧,然后用锤子打。向子期:向秀,字子期。佐:辅助,帮助。鼓排:拉风箱;排,鼓风吹火的工具。

④不辍:不止,不停。移时:经历一段时间。

【译文】

钟会有精深的才思,先前不认识嵇康。一天,他邀请当时一些才能德行出众的人士一起去寻访嵇康。嵇康当时正在大树下打铁,向秀在帮忙拉风箱。嵇康继续挥动铁槌打铁,没有停下,旁若无人,过了好长时间也没有和钟会说一句话。后来,钟会起身要走了,嵇康才问他:"听到了什么就来了?看到了什么要走了?"钟会说:"听了所听到的就来了,看了所看到的就走了。"

【原文】

嵇康与吕安善,每一相思,千里命驾①。安后来,值康不在,喜出户延之,不入,题门上作"凤"字而去②。喜不觉,犹以为欣。故作凤字,凡鸟也。

【注释】

①吕安:字仲悌,山东东平(今山东东平)人,魏晋时名士。

②后:后来。值:正值,碰巧。喜:嵇喜,字公穆,谯国铚县(今安徽濉溪)人,嵇康兄长。曾任卫将军司马、江夏太守、徐州刺史、扬州刺史等职。延:迎接,邀请。凤:繁体字作"鳳",是由凡、鸟两个字组成的;凡鸟比喻平凡的人物。按:嵇喜有济世之才,但与嵇康相比,比较世俗一些,故不为当时清流所重。

【译文】

嵇康和吕安关系很好,每次一想念对方,即使相隔千里,也会立刻乘车出发,前去与对方见面。后来有一次,吕安来找嵇康时,正巧碰上嵇康不在家,嵇康的兄长嵇喜出门来邀请吕安到自己家里去,吕安没有进门,只是在门上题了个"鳳"字,然后就走了。嵇喜没有明白过来,还因此感到很高兴。吕安之所以写个"鳳"字,是因为它分开来写,就是凡、鸟二字。

【原文】

谢公尝与谢万共出西①。过吴郡,阿万欲相与共萃王恬许,太傅云:"恐伊不必酬汝,意不足尔。②"万犹苦要,太傅坚不回,万乃独往③。坐少时,王便入门内,谢殊有欣色,以为厚待己。良久,乃沐头散发而出,亦不坐,乃据胡床,在中庭晒头,神气傲迈,了无相酬对意④。谢于是乃还,未至船,逆呼太傅。安曰:"阿螭不作尔。⑤"

【注释】

①谢公:指谢安,字安石,死后追赠太傅,故下称太傅。谢万:字万石,谢安之弟,东晋时期大臣、名士。曾任司徒掾,抚军从事中郎、吴兴太守。累迁豫州刺史,领淮南太守。北伐前燕,大败而回,被废为庶人。出西:指到西边的京都建康去;谢安、谢万寓居会稽郡,在建康之东,所以到建康叫出西。

②萃:聚集。王恬:字敬豫,小字螭虎(下文作阿螭),王导次子。历任中书郎、魏郡太守、会稽内史,死赠中军将军。为人傲慢放诞,不拘礼法。不必:没有一定,未必。酬:应对,接待。不足:不值得,不必。

③要:通"邀",邀请。不回:指不改变想法。

④乃:竟然。据:占据,这里指坐着。胡床:一种可以折叠的轻便坐具。了无:全无。

⑤作:做作,作假。按:谢安明知王恬不会接待谢万,如果接待了,就是装假;江左王、谢齐名,是在谢安建立功名以后,此时谢氏兄弟虽有盛名,而其先并非士族,故上文阮裕讥为新兴门户,王恬出身名门,所以对谢氏不礼貌。

【译文】

谢安曾经和谢万一起坐船到西边的京都建康去。经过吴郡时,谢万想和谢安一起到吴郡太守王恬那里去,太傅谢安说:"恐怕他不一定接待你,我认为不值得去拜访他。"谢万还是极力邀哥哥一起去,谢安坚决不改变主意,谢万只好一个人去了。到王恬家坐了一会儿,王恬就进里面去了,谢万非常高兴,以为他会热情招待自己。过了很久,王恬竟然洗完头披散着头发出来,也不陪客人坐,就坐在胡床上,在院子里晒头发,神情高傲豪放,完全没有应酬客人的意思。谢万于是只好回去,还没有回到船上,就先大声喊他哥哥。谢安说:"阿螭没有作假啊。"

【原文】

王子猷尝行过吴中,见一士大夫家极有好竹①。主已知子猷当往,乃洒扫施设,在听事坐相待②。王肩舆径造竹下③,讽啸良久,主已失望,犹冀还当通,遂直欲出门。主人大不堪,便令左右闭门,不听出④。王更以此赏主人,乃留坐,尽欢而去。

【注释】

①王子猷:王徽之,字子猷,王羲之第五子。
②施设:布置安排。听事:厅堂,本是官府治事之所,后亦指私宅大厅。
③肩舆:乘坐轿子。径造:直接来到。

④不听:不允许。

【译文】

　　王子猷有一次到外地去,经过吴中,知道一个士大夫家中有个很好的竹园。竹园主人已经知道王子猷会来,就先安排洒水扫地打扫干净,好好布置一番,然后在正厅里坐着等他。王子猷却坐着轿子直接来到竹林里,讽诵长啸了很久,主人已经感到失望,还希望他返回时会派人来通报一下,可他竟然准备直接出门离去。主人完全忍受不了,就叫手下的人去关上大门,不允许他出去。王子猷却因此更加赏识主人,于是留步坐下,与主人尽欢而散。

排调第二十五

《排调》是《世说新语》第二十五门，共65则。排调，指戏弄嘲笑。魏晋时期，士族阶层在交往时特别讲究言辞的应对，这不仅表现在正式的清言谈玄过程中，在日常交谈时，也要求做到语言简练得体、机变有锋、反击得力等，这也是魏晋风度的一个方面。本门主要记载了魏晋时期士族之间日常言语应对中的许多有关排调的小故事，其中多数为善意的调侃，也有少数恶意的挑衅。从双方的言语交流中可以看出他们或具备高超的应变能力，或具备深厚的才学知识，或具备宽广的胸襟，或具备幽默风趣的性格，或兼而有之。言语双方实际是在进行才智、捷悟、思辨、文采等方面的比拼，读起来妙趣横生，很有韵味。此外，本门也记载了当时的名士对某些人物、事件的评论和调侃。本书节选了其中8则。

【原文】

荀鸣鹤、陆士龙二人未相识，俱会张茂先坐①。张令共语，以其并有大才，可勿作常语，陆举手曰："云间陆士龙。②"荀答曰："日下荀鸣鹤。③"陆曰："既开青云睹白雉，何不张尔弓，布尔矢？④"荀答曰："本谓云龙骙骙，定是山鹿野麋；兽弱弩强，是以发迟。⑤"张乃抚掌大笑。

【注释】

①荀鸣鹤:荀隐,字鸣鹤,颍川(今河南许昌)人,曾任太子舍人、延尉平等职,早卒。陆士龙:陆云,字士龙,吴郡吴县(今江苏苏州)人,陆逊之孙,陆抗第五子,与其兄陆机合称"二陆"。曾任尚书郎、中书侍郎、清河内史等职。陆机死于"八王之乱"后,被牵连,遇害。会:会面,见面。

②举手:指拱手,是古时候的交际礼节,见面时双手合抱举前向对方致意。"云间"句:陆士龙名云,字士龙;云间之龙,既含陆云的名和字,也是暗喻其高。

③"日下"句:日下指京都洛阳,当时洛阳是西晋都城,古时候以帝王比日,以皇帝所在之地为日下,故称洛阳为日下;荀鸣鹤是颍川人,靠近洛阳,日下之鹤既包含荀鸣鹤的故乡和字,也用来暗喻其高。

④青云:青色的云,指高空的云。白雉:鸟名,白色羽毛的野鸡;此处意指荀不是鹤,而是白雉。尔:你,你的。布尔矢:指射出你的箭;矢,箭。

⑤骙骙(kuí kuí):形容强壮的样子。定:到底,究竟。麋(mí):即麋鹿,比牛大,毛淡褐色,雄的有角,角像鹿,尾像驴,蹄像牛,颈像骆驼,俗称"四不像"。此处意指陆士龙并不是龙,而是麋鹿。

【译文】

荀隐、陆云两人原来并不相识,一次,两人同时在张华家中作客时碰见了。张华让他们一起谈论一番,而且因为他们都有高超的才学,让他们不要说平常的言语。陆云拱手说道:"我是云间陆士龙。"荀隐回答说:"我是日下荀鸣鹤。"陆云说:"已经拨开高空中的云朵,看见了白色的野鸡,为什么不张开你的弓,射出你的箭?"荀隐回答说:"我本来以为是威武强壮的云中飞龙,可到底是只山野麋鹿;野兽瘦弱不堪,而弓弩强劲有力,因此迟迟不敢射出弓箭。"张华于是拍手大笑。

【原文】

　　王丞相枕周伯仁膝①,指其腹曰:"卿此中何所有?"答曰:"此中空洞无物,然容卿辈数百人。"

【注释】

　　①王丞相:王导,字茂弘,官至丞相。周伯仁:周颛(yǐ),字伯仁,汝南安成(今河南汝南)人。西晋安东将军周浚之子。袭父爵武城侯,曾任尚书吏部郎、荆州刺史等职。东晋时,历任吏部尚书、太子少傅、尚书左仆射等职。王敦之乱时被害,后追赠左光禄大夫,谥号康。

【译文】

　　丞相王导头枕着周颛的腿,用手指着他的肚子说:"你这里面有什么东西?"周颛回答说:"这里面空空如也,没有任何东西,可是能容纳下几百个像你这样的人。"

【原文】

　　王、刘每不重蔡公①。二人尝诣蔡,语良久,乃问蔡曰:"公自言何如夷甫?②"答曰:"身不如夷甫。③"王、刘相目而笑曰④:"公何处不如?"答曰:"夷甫无君辈客。"

【注释】

　　①王、刘:指王濛和刘惔。每:经常,常常。重:尊重,敬重。蔡公:指蔡谟(mó),字道明,陈留考城(今河南民权)人。避乱渡江,为东中郎将参军,出为吴国内史。平苏峻之乱有功,赐爵济阳男,迁五兵尚书。历元、明、成、康、穆五帝,累迁太傅、太尉、司徒。死后赠侍中、司空,谥号文穆。

　　②夷甫:王衍,字夷甫。

③身:自身,指本人。
④相目:四目相对,相视。

【译文】

王濛、刘惔常常不太尊重蔡谟。两人曾经去看望蔡谟,谈了很久,然后问蔡谟说:"您自己说说您和王夷甫相比怎么样?"蔡谟回答说:"我不如夷甫。"王濛和刘惔听了,相视而笑,又问道:"您什么地方不如他?"蔡谟回答说:"夷甫没有像你们这样的客人。"

【原文】

张吴兴年八岁,亏齿①。先达知其不常,故戏之曰:"君口中何为开狗窦?②"张应声答曰:"正使君辈从此中出入。"

【注释】

①张吴兴:张玄之,字祖希,吴郡太守张澄之孙,历任吏部尚书、冠军将军、吴兴太守等职,世称张吴兴。与同时的谢玄并称南北二玄。亏齿:指掉了牙齿。
②先达:有德行学问的前辈。不常:指不平常,不平凡。狗窦:狗洞,戏称牙齿缺的样子;窦,孔、洞之意。

【译文】

吴兴太守张玄之八岁那年,掉了牙齿,前辈贤达知道他不平凡,故意戏弄他说:"你嘴里为什么开个狗洞?"张玄之应声回答说:"正是让你们这样的人从这里出入。"

【原文】

谢公始有东山之志,后严命屡臻,势不获已,始就桓公司马①。于时人有饷桓公药草,中有远志②。公取以问谢:"此药又名小草,何一物而有二称?"谢未即答。时郝隆在坐,应声答曰:"此甚易解,处则为远志,出则为小草。③"谢甚有愧色。桓公目谢而笑曰:"郝参军此过乃不恶,亦极有会。④"

【注释】

①谢公:指谢安,字安石,曾隐居会稽东山。东山之志:隐居东山的志向。严命:对君主、尊长的命令的敬称。臻:到,来到。不获已:不得已。就:就任。桓公:指桓温。

②饷:赠送。远志:中药名,根的名字叫远志,苗的名字叫小草,均可入药。

③郝隆:字佐治,当时任征桓温的参军。东晋名士。处、出:字面意思指埋在土中和露出地面,暗指出仕和隐居,语意双关,以讥笑谢安的出仕。

④过:《太平御览》《渚宫旧事》作"通",疏通,剖析阐释之意。不恶:不错。会:兴会,意趣。

【译文】

谢安起初有隐居山林的志向,后来朝廷征召的命令多次下达,势不得已,这才就任桓温属下的司马。这时,有人送给桓温草药,其中有一味远志。桓温拿来问谢安:"这种药又叫小草,为什么一种东西却有两个名称呢?"谢安还没来得及回答,当时郝隆也在座,就应声回答说:"这非常容易解释,埋在深处的就是远志,出来露在地面之外的就是小草。"谢安听了深感惭愧。桓温看着谢安笑着说:"郝参军这个解释不错,也极有意趣。"

【原文】

刘遵祖少为殷中军所知,称之于庾公①。庾公甚忻然,便取为佐②。既见,坐之独榻上与语③。刘尔日殊不称,庾小失望,遂名之为"羊公鹤"④。昔羊叔子有鹤善舞,尝向客称之⑤。客试使驱来,氃氋而不肯舞⑥。故称比之。

【注释】

①刘遵祖:刘爱之,字遵祖,沛郡(今安徽淮北)人,少有才学,能言理,曾任中书郎、宣城太守等职。殷中军:殷浩,字渊源,曾任中军将军。庾公:指庾亮。

②忻(xīn):同"欣",喜悦。佐:指佐官,下属。

③独榻:一人坐的榻。尊敬的宾客坐独榻。

④尔日:当日。殊:特别。不称:不相称。小:通"稍"。羊公鹤:指名不副实的人。

⑤羊叔子:羊祜,字叔子。

⑥氃氋(tóng méng):羽毛松散、没有精神的样子。

【译文】

刘爱之年轻时为中军将军殷浩所赏识,殷浩在庾亮面前对他大加称赞。庾亮听了之后很高兴,就请他来做自己的僚属。见面后,让他坐在独榻上和他交谈。刘爱之那天的表现却和他的名望特别不相称,庾亮稍微有些失望,于是把他称为"羊公鹤"。从前羊叔子养了一只鹤,善于跳舞,羊叔子曾经向客人大力称赞这只鹤。客人试着叫人把鹤赶上前来,鹤却是一副羽毛松散、无精打采的样子,不肯跳舞。所以庾亮把刘爱之比拟成羊公鹤,以此来称呼他。

【原文】

　　顾长康啖甘蔗,先食尾①。人问所以,云:"渐至佳境。②"

【注释】

　　①顾长康:即顾恺之,字长康。尾:指甘蔗梢部。
　　②佳境:美妙的境界。按:甘蔗的根部最甜,从梢部吃起,会越吃越甜,所以说渐至佳境。

【译文】

　　顾恺之吃甘蔗,先从甘蔗的梢部吃起。有人问他是什么原因,他说:"这样可以渐渐进入美妙的境界。"

【原文】

　　桓南郡与殷荆州语次,因共作了语①。顾恺之曰:"火烧平原无遗燎。②"桓曰:"白布缠棺竖旒旐。③"殷曰:"投鱼深渊放飞鸟。④"次复作危语⑤。桓曰:"矛头淅米剑头炊。⑥"殷曰:"百岁老翁攀枯枝。"顾曰:"井上辘轳卧婴儿。"殷有一参军在坐,云:"盲人骑瞎马,夜半临深池。"殷曰:"咄咄逼人!⑦"仲堪眇目故也⑧。

【注释】

　　①桓南郡:即桓玄,字敬道,承袭父爵南郡公。殷荆州:殷仲堪,官至荆州刺史。语次:谈话之间。了语:一种语言游戏,说出了结之事。
　　②诗句大意:烈火烧光了整个平原,一点遗漏之处也没有。遗燎:指遗漏而未被焚烧之处。
　　③诗句大意:用白布裹着棺材,竖起了招魂幡出殡。旒旐(liú

168

zhào):招魂幡,出殡时在棺材前引路的旗子。

④诗句大意:把鱼放回深渊,把飞鸟放回山林。

⑤次:依次,接着。危语:列举出危险之事的话。

⑥诗句大意:在矛尖上淘米,在剑尖上煮饭。淅(xī)米:淘米。

⑦咄咄逼人:形容盛气凌人,令人难堪。

⑧眇(miǎo)目:瞎了一只眼睛。

【译文】

南郡公桓玄和荆州刺史殷仲堪一起交谈时,顺便一同作了语,即用诗句说出表明一切都终了的事。顾恺之说:"火烧平原无遗燎。"桓玄说:"白布缠棺竖旒旐。"殷仲堪说:"投鱼深渊放飞鸟。"接着又作危语,即用诗句说出处于险境的事。桓玄说:"矛头淅米剑头炊。"殷仲堪说:"百岁老翁攀枯枝。"顾恺之说:"井上辘轳卧婴儿。"殷仲堪手下有一个参军也在座,说:"盲人骑瞎马,夜半临深池。"殷仲堪说:"这实在是盛气凌人、令人难堪啊!"因为殷仲堪一只眼睛是瞎的。

轻诋第二十六

《轻诋》是《世说新语》第二十六门，共33则。轻诋，即轻视诋毁。本门与《赏誉》门所记载内容可互为对比，名士之间有彼此互相欣赏的，自然也会有彼此互相轻视的。本门所记载内容皆为晋朝名士之间互相轻视诋毁的轶事。名士之间轻诋对方的原因，往往是多方面的，或是言行举止，或是文章文采，或是禀性胸怀，或者外貌语音、或者出身门第，等等。名士之间轻诋的形式不一，或是直接批评，或是当面责问，或是冷嘲热讽。本书节选了其中4则。

【原文】

褚太傅初渡江，尝入东，至金昌亭，吴中豪右燕集亭中①。褚公虽素有重名，于时造次不相识，别敕左右多与茗汁，少著粽，汁尽辄益，使终不得食②。褚公饮讫，徐举手共语云③："褚季野。"于是四坐惊散，无不狼狈。

【注释】

①褚太傅：即褚裒，字季野，死后追赠太傅。东：对建康来说，吴郡、会稽为东。金昌亭：驿亭名，故址在今江苏苏州城阊门内。豪右：豪门大

族。燕集:宴饮聚会。

②造次:匆忙。茗汁:茶水。粽:指蜜饯果品,设之以佐茶。益:增加。

③讫:完结,终了。举手:指拱手作揖。

【译文】

　　太傅褚裒刚过江时,曾经向东到吴郡去,到了金昌亭,吴地的豪门大族,正在亭中举行聚会宴饮。褚裒虽然一向有很高的名声,可是当时那些豪门大族匆忙之中还不认识他,就另外吩咐手下人给他多添茶水,少摆蜜饯果品,茶喝完了就添上,让他最终也没有吃上蜜饯果品。褚裒喝完茶,从容地向大家拱手作揖,说道:"我是褚季野。"于是满座的人都惊慌地四处散开,个个都感到狼狈不堪。

【原文】

　　桓公入洛,过淮、泗,践北境,与诸僚属登平乘楼,眺瞩中原①,慨然曰:"遂使神州陆沉,百年丘墟,王夷甫诸人不得不任其责!"②袁虎率而对曰:"运自有废兴,岂必诸人之过?③"桓公懔然作色,顾谓四坐曰:"诸君颇闻刘景升不④?有大牛重千斤,啖刍豆十倍于常牛,负重致远,曾不若一羸牸⑤。魏武入荆州,烹以飨士卒,于时莫不称快⑥。"意以况袁⑦。四坐既骇,袁亦失色。

【注释】

　　①桓公:指桓温。践:踩,踏。北境:北边的区域。平乘楼:指大船的船楼。眺瞩:登高远望。按:桓温入洛是永和十二年(356年)伐姚襄时;过淮水、泗水,登平乘楼,是太和四年(369年)征慕容暐时;袁宏得罪桓

温被免官,据刘孝标注,也是在太和四年;故这一则大概指太和四年伐前燕一事。

②陆沉:比喻国家动乱,国土沦陷。丘墟:废墟,荒地。王夷甫:王衍,字夷甫,位至三公,喜好清谈,《晋书·王衍传》说他"不以经国为念,而思自全之计"。

③袁虎:袁宏,字彦伯,小字虎,时称袁虎,陈郡阳夏(今河南太康)人。东晋文学家、史学家。初为谢尚参军,后任大司马桓温记室,累迁东阳太守。著有《后汉纪》《竹林名士传》等。率:轻率地,冒失地。运:指国运。

④懔然:令人生畏的样子。刘景升:刘表,字景升,山阳高平(今山东微山)人,汉鲁恭王刘余之后,汉末群雄之一。任镇南将军、荆州牧,封成武侯。208年病逝,其子刘琮举州投降曹操。

⑤刍(chú)豆:草料和豆,指牛马的饲料。曾:竟,还。羸牸(léi zì):瘦弱的母牛。

⑥魏武:即曹操,字孟德,在世时封为魏王,谥号为武王,其子曹丕称帝后,追尊为武皇帝。飨:用酒食招待客人,泛指请人受用。

⑦况:比方,比拟。

【译文】

桓温带兵进入洛阳,经过淮水、泗水,踏上北方地区,和下属们登上船楼,从高处遥望中原,桓温不禁感慨地说道:"使国土沦陷,成为百年的废墟,王夷甫等人不能不承担这一罪责!"袁虎冒失地回答说:"国家的命运本来有兴有衰,岂能说这一定是他们的过错?"桓温神色威严,面露怒容,环顾满座的人,说:"诸位都听说过刘景升吧?他有一头千斤重的大牛,吃的饲料比普通的牛多十倍,可是论起负载重物走远路,却连一头瘦弱的母牛都不如。魏武帝曹操进入荆州后,把大牛杀了来犒劳士兵,当时没有人不拍手称快的。"桓温的意思是用大牛来比拟袁宏。满座的人都感到很惊骇,袁宏听了也大惊失色。

【原文】

苻宏叛来归国①,谢太傅每加接引②。宏自以有才,多好上人,坐上无折之者③。适王子猷来,太傅使共语④。子猷直孰视良久,回语太傅云:"亦复竟不异人。"⑤宏大惭而退。

【注释】

①苻(fú)宏:氐族人,略阳临渭(今甘肃秦安)人,前秦宣昭帝苻坚之子;357年封为太子,385年投降东晋,官至辅国将军。桓玄篡位后,任其为凉州刺史,405年被晋将檀祗所讨灭。按:太元九年(384年)前燕慕容冲、羌人姚苌等起兵反叛前秦,次年慕容冲进逼长安,苻坚留太子苻宏守城,帅骑数百出奔五将山,后被姚苌擒杀,苻宏亦不敌,长安失守,同年十月苻宏归降东晋。

②谢太傅:指谢安。

③上:凌驾,高出。折:折服。

④王子猷:指王徽之,字子猷。

⑤直:通"只"。孰视:注目细看。亦复:也,又。竟:终了,终究。

【译文】

苻宏从前秦都城长安逃跑出来归降晋国,太傅谢安常常对他热情接待,并引荐给他人。苻宏自认为才华出众,经常喜欢凌驾于他人之上,座上宾客没有人能折服他。 次,恰好王徽之也来了,谢安让他们俩一起交谈。王徽之只是仔细打量了他好久,然后回头对谢安说:"终究也和别人没有什么不同。"苻宏听了感到非常惭愧,便起身告辞了。

【原文】

支道林入东,见王子猷兄弟①。还,人问:"见诸王何如?"答曰:"见一群白颈乌,但闻唤哑哑声。②"

【注释】

①支道林:支遁,字道林,东晋高僧。

②白颈乌:乌鸦的一种,颈部有一圈白羽毛。王氏兄弟多穿白衣领服装,故支道林讥为白颈乌。但:仅,只。哑哑声:象声词,形容乌鸦的叫声。按:哑哑声是支道林讥笑王氏兄弟不说官话雅音,而去学作吴音,就讥之为鸟语。

【译文】

支道林到东边的会稽去,见到了王子猷兄弟。他回到京都后,有人问他:"你见到了王氏兄弟,感觉他们怎么样?"支道林回答说:"我看见了一群白脖子乌鸦,只听到了哑哑的鸟叫声。"

假谲第二十七

《假谲》是《世说新语》第二十七门,共14则。假谲,即虚假诡诈。本门主要记载了魏晋时期,一些名士们采用了各种假谲的手段以达到自己最终目的的故事,其中记载最多的就是曹操。从故事中主人公最终想要得到的结果来看,有一些假谲的手段属于是阴谋诡计、玩弄手段,充满了恶意,这类假谲是让人深恶痛绝的;而另一些则是为了解决某一难题而使用的一种权宜之计,并无恶意,而且能在假谲中看出主人公机智灵活、心思缜密、甚有谋略,有值得后人效仿之处。本书节选了其中3则。

【原文】

　　魏武行役,失汲道,军皆渴①。乃令曰:"前有大梅林,饶子,甘酸,可以解渴。②"士卒闻之,口皆出水。乘此得及前源。

【注释】

　　①魏武:即曹操,字孟德,在世时为魏王,谥号为武王。汲道:取水的通道。
　　②饶子:指果实很多。

【译文】

　　魏武帝曹操带军队行进途中,一直没找到水源,士兵们都很口渴。于是曹操便传令说:"前面有大片的梅树林子,梅子很多,味道又甜又酸,可以解渴。"士兵们听了这番话,口水都流出来了。于是利用这个办法,队伍得以继续行进,最终找到了前边的水源。

【原文】

　　魏武常云:"我眠中不可妄近,近便斫人,亦不自觉。左右宜深慎此。^①"后阳眠,所幸一人窃以被覆之,因便斫杀^②。自尔每眠,左右莫敢近者。

【注释】

　　①魏武:即曹操,字孟德,在世时为魏王,谥号为武王。常:通"尝",曾经。斫(zhuó):砍。
　　②阳:通"佯",假装。所幸:宠幸的人,亲信。因便:顺便,趁机。

【译文】

　　魏武帝曹操曾经说过:"我睡觉的时候不要随便靠近我,一靠近,我就会杀人,而且自己也不知道。左右侍从们应该对这点要非常小心。"后来有一天,曹操假装睡着了,有个他宠幸的侍从偷偷地拿条被子给他盖上,曹操趁机把他杀死了。从此以后,每次睡觉的时候,左右侍从没有谁敢靠近他。

【原文】

　　王右军年减十岁时,大将军甚爱之,恒置帐中眠^①。大将军尝先出,右军犹未起。须臾,钱凤入,屏人论事,都忘右军在帐中,便言逆节之谋②。右军觉,既闻所论,知无活理,乃剔吐污头面被褥,诈孰眠③。敦论事造半,方意右军未起,相与大惊曰④:"不得不除之。"及开帐,乃见吐唾从横,信其实孰眠,于是得全⑤。于时称其有智。

【注释】

①王右军:王羲之,字逸少,王敦之侄,曾任右军将军。减:少于。大将军:即王敦,字处仲,曾任大将军。按:《晋中兴书》《晋书》《太平御览》等书皆云此是王允之(也是王敦之侄)事,而此言王羲之,恐记载有误。

②钱凤:字世仪,王敦的参军,是王敦的谋主。王敦叛乱失败后,亦被杀。屏人:叫别人避开。逆节:叛逆。

③觉:睡醒。剔:一本作"阳",比较合理;阳,通"佯",假装。孰:通"熟"。

④造:到。方:才。相与:共同,一起。

⑤从横:即"纵横",此指到处流淌。

【译文】

右军将军王羲之不满十岁的时候,大将军王敦很喜爱他,常常把他安置在自己的帐中睡觉。有一次王敦先从帐里出来,王羲之还没有起床。一会儿,钱凤进来了,王敦便屏退手下的人,开始商议事情,两人都没有想起王羲之还在床上,就说起叛逆造反的阴谋。王羲之醒来后,听到了他们的谈话,知道难以活命了,于是假装吐,把头脸和被褥弄脏了都不知道,装作睡得很熟的样子。王敦商量事情商量到中途,才想起王羲之还没有起床,两人都大惊失色,说:"不得不把他杀了。"等到掀开帐子,看见他口水流得到处都是,就相信他真的睡得很熟,于是王羲之才得以保全了性命。当时人们都称赞他很有智谋。

黜免第二十八

《黜免》是《世说新语》第二十八门,共9则。黜免,指降职或罢免官职。本门记载了9则晋时朝臣被罢免官职或降职的故事,文中或详细说明了黜免的缘由,或如实记录了被黜免后的反应,或兼而有之。罢黜的缘由,多为官场上的钩心斗角、权势之争,也有少数例外,如第2则、第4则,因为肝肠寸断的母猿和餐桌上袖手旁观而免职,可以看出当权者的人情味和治军思想。这9则故事多与桓温、桓玄父子有关,从中也反映出了晋时王室政权衰微、大权旁落的状况。本书节选了其中2则。

【原文】

桓公入蜀①,至三峡中,部伍中有得猿子者,其母缘岸哀号,行百余里不去,遂跳上船,至便即绝②。破视其腹中,肠皆寸寸断。公闻之,怒,命黜其人。

【注释】

①桓公:即桓温。按:晋穆帝永和二年(346年),桓温西伐蜀汉李势,次年攻占成都。

②部伍:部队行伍,即军队。缘岸:沿着江岸。绝:气绝。

【译文】

　　桓温率兵讨伐蜀地,到达三峡时,军队中有个人抓到一只小猿,母猿一直沿着江岸悲哀地号叫,跟着船走了一百多里也不肯离开,后来终于跳上了船,但刚跳上船就气绝身亡了。剖开母猿的肚子看,肠子都一寸一寸地断开了。桓温听说这事后,大怒,下令罢免了那个抓了小猿猴的人的军职。

【原文】

　　桓公坐有参军椅烝薤①,不时解②,共食者又不助,而椅终不放,举坐皆笑。桓公曰:"同盘尚不相助,况复危难乎!"敕令免官。

【注释】

　　①桓公:即桓温。椅:《太平御览》作"猗",通"敧",意为用筷子夹菜。烝薤(xiè):烝,通"蒸";薤,一种蔬菜类植物。按:余嘉锡《世说新语笺疏》中提到,《齐民要术·素食篇》有薤白蒸,其做法是"米薤同蒸,调以油豉。则蒸熟后必凝结,如饕不可解,故挟取较难耳"。

　　②不时解:不能在一时分解开。

【译文】

　　在桓温举办的宴会上,有个参军用筷子夹烝薤,因黏在一起一时分解不开,没能一下子夹起来,同桌一起用餐的人又不帮助他,而他还用筷子夹着,没有放下,满座的人就都笑起来。桓温说:"同在一个盘子里用餐,尚且不能互相帮助,更何况处于危急困难的时候呢!"便下令罢免了在座的人的官职。

179

俭啬第二十九

《俭啬》是《世说新语》第二十九门,共9则。俭啬,指节俭吝啬。本门与后面《汰侈》门所记载内容互为对比,主要记述了士族阶层中的部分名士在对待金钱、财物方面的性格特征和种种表现,共描绘了六个特色鲜明的守财奴形象。节俭本是中华民族的传统美德,是值得大力颂扬的;但是节俭过度,变成了吝啬,就不可取了。本书节选了其中2则。

【原文】

和峤性至俭,家有好李,王武子求之,与不过数十①。王武子因其上直,率将少年能食之者,持斧诣园,饱共啖毕,伐之,送一车枝与和公②。问曰:"何如君李?"和既得,唯笑而已。

【注释】

①王武子:王济,字武子,太原晋阳(今山西太原)人。曹魏司空王昶的孙子,司徒王浑之子。和峤的妻弟。历任中书郎、骁骑将军、侍中等职。爱好骑射,勇力过人。死后获赠骠骑将军。

②因:趁机,趁着。上直:当值,值班。率将:带领。

【译文】

　　和峤本性极为吝啬,家中有上好的李子树,王济问他要些李子,只给了不过几十个而已。王济趁他去官署值班的时候,带领一群特别能吃李子的少年人,拿着斧子到果园里去,大家一起尽情地吃饱肚子以后,就把李子树砍掉了,给和峤送去一车树枝,并且问和峤说:"这和你家的李子树相比,怎么样?"和峤收下树枝后,只有苦笑而已。

【原文】

　　王戎有好李,卖之,恐人得其种,恒钻其核①。

【注释】

　　①钻:钻孔,打眼儿。

【译文】

　　王戎家有上好的李子树,卖李子时,害怕别人得到他家李子树的种子,总是先把李子的核钻个孔,然后再卖。

汰侈第三十

《汰侈》是《世说新语》第三十门,共12则。汰侈,指骄纵奢侈。跟上一门《俭啬》相反,本门记载的是晋朝时候生活上骄纵奢侈的豪门贵族的故事,其中记载最多的是石崇、王恺的故事。从文中可以看出,一方面,这些上层贵族在生活中极尽奢侈之能事,并大张旗鼓地互相斗富,造成人力物力的浪费;另一方面,又可以看出这些贵族名士性格残酷暴虐,视人命如儿戏。不论在什么时代,这种不良习气都是应该被谴责、被摒弃的。本书节选了其中2则。

【原文】

石崇每要客燕集,常令美人行酒,客饮酒不尽者,使黄门交斩美人①。王丞相与大将军尝共诣崇,丞相素不能饮,辄自勉强,至于沉醉②。每至大将军,固不饮,以观其变。已斩三人,颜色如故,尚不肯饮。丞相让之③,大将军曰:"自杀伊家人,何预卿事!"

【注释】

①石崇:字季伦,渤海南皮(今河北南皮)人。司徒石苞之子。"金谷二十四友"之一。历任修武县令、城阳太守、荆州刺史、卫尉等职。公

元300年,被赵王司马伦孙秀诬陷为乱党,遭夷三族。要:通"邀"。燕集:宴饮聚会;燕,通"宴"。行酒:依次斟酒,劝酒。黄门:宦者,太监,这里指可以在内庭侍候的奴仆。交:接连,交替。

②王丞相:王导,字茂弘,官至丞相。大将军:王敦,字处仲,曾任大将军,王导堂兄。沉醉:大醉。

③让:责备,谴责。

【译文】

　　石崇每次邀请客人宴饮聚会时,经常让美人来劝酒,如果有客人不喝尽杯中的酒,就叫家奴接连杀掉劝酒的美人。丞相王导和大将军王敦曾经一同到石崇家参加宴会,丞相虽然一向不善于喝酒,这时也勉强自己尽力喝下,一直喝到大醉。每当轮到大将军喝酒时,他坚持不喝酒,来观察接下来情况的变化。石崇已经连续杀了三个美人,大将军却依旧神色不变,仍然不肯喝酒。丞相责备他,大将军却说:"他杀他自己家里的人,干你什么事!"

【原文】

　　石崇与王恺争豪,并穷绮丽以饰舆服①。武帝,恺之甥也,每助恺②。尝以一珊瑚树高二尺许赐恺,枝柯扶疏,世罕其比③。恺以示崇,崇视讫,以铁如意击之,应手而碎④。恺既惋惜,又以为疾己之宝,声色甚厉。崇曰:"不足恨,今还卿。"乃命左右悉取珊瑚树,有三尺、四尺,条干绝世,光彩溢目者六七枚,如恺许比甚众⑤。恺惘然自失。

【注释】

①王恺:字君夫,东海郯县(今山东郯城)人。东海郯县(今山东郯

城)人。司徒王朗之孙,王肃之子,晋武帝司马炎的舅舅。封山都县令,历任龙骧将军、射声校尉、后将军等职,死后谥为丑公。豪:豪华,阔绰。穷:穷尽。舆服:车舆、冠服与各种仪仗。

②武帝:司马炎,字安世,谥号武皇帝,史称晋武帝。每:常常,经常。按:司马炎生母王元姬,是王恺的姐姐。

③枝柯:枝条。扶疏:枝叶繁茂的样子。比:并列,相当。

④讫:完结,终了。应手:随手,顺手。

⑤绝世:冠绝当代,举世无双。许:这样。

【译文】

石崇和王恺争比阔绰,两人都用尽最鲜艳华丽的东西来装饰车舆、冠服与各种仪仗。晋武帝司马炎是王恺的外甥,常常帮助王恺比富。他曾经把一棵二尺高左右的珊瑚树送给王恺,这棵珊瑚树枝条繁茂,世上很少有能和它相媲美的。王恺把珊瑚树拿给石崇看,石崇看了之后,用铁如意去敲打它,随手就把它敲碎了。王恺既惋惜,又认为石崇是妒忌自己的宝物,于是声色俱厉地指责石崇。石崇说:"这没什么值得遗憾的,我现在就赔给你。"于是就叫手下的人把家里的珊瑚树全都拿出来,有三尺高的,也有四尺高的,树干、枝条举世无双,而且光彩夺目的有六七棵,和王恺那棵水平相当的就更多了。王恺看了,惘然若失。

忿狷第三十一

《忿狷》是《世说新语》第三十一门，共 8 则。忿狷，指胸襟狭窄、性情急躁、易动怒。本门记叙的是魏晋时期士族阶层中一些具备忿狷性格的人物在生活中的表现。文中所记载的 8 则故事中，主人公多是因一件小事而动怒，他们或怒形于色，或迁怒于他物，或以性命相搏，甚至残害他人性命。从文中也可以看出当时士族阶级轻视寒门阶层，门阀界限严格的情况。本书节选了其中 2 则。

【原文】

王蓝田性急①。尝食鸡子，以箸刺之，不得，便大怒，举以掷地②。鸡子于地圆转未止，仍下地以屐齿碾之，又不得③。瞋甚，复于地取内口中，啮破，即吐之④。王右军闻而大笑，曰："使安期有此性，犹当无一豪可论，况蓝田邪！⑤"

【注释】

① 王蓝田：王述，字怀祖，承袭父爵蓝田侯。
② 鸡子：鸡蛋。箸(zhù)：筷子。
③ 屐：木板鞋；鞋子底部前后有两块突出的木头，即为屐齿。

④瞋(chēn):发怒,生气。内:同"纳",放入。啮(niè):咬。

⑤王右军:王羲之,字逸少,曾任右军将军。安期:王承,字安期,王述之父,清虚寡欲,为政宽恕,有很高的名望。豪:通"毫",丝毫之意。

【译文】

蓝田侯王述性情很急躁。有一次他吃鸡蛋,用筷子去戳鸡蛋时,没有戳进去,于是大怒,拿起鸡蛋就扔到了地上。鸡蛋掉地上后仍转个不停,他就下地用木屐齿去踩鸡蛋,却又没有踩到。他生气极了,再从地上把鸡蛋捡起来放到口中,把鸡蛋咬破后,就吐了出来。右军将军王羲之听说了这件事后,大笑起来,说:"假使安期有这种性格,尚且没有一点可取之处,更何况是蓝田呢!"

【原文】

谢无奕性粗强①。以事不相得,自往数王蓝田,肆言极骂②。王正色面壁不敢动③。半日,谢去良久,转头问左右小吏曰:"去未?"答云:"已去。"然后复坐。时人叹其性急而能有所容。

【注释】

①粗强:粗暴蛮横。

②相得:彼此投合。数:数说,数落。肆言极骂:肆意攻击,极力谩骂。

③正色:神色庄重,态度严肃。面壁:脸对着墙。

【译文】

谢无奕性情粗暴蛮横。一次,因为一件事处理得不合他的心意,他亲自前去数落蓝田侯王述,对他进行了肆意地攻击和谩骂。王述表情严肃地转身面对着墙壁,一动也不敢动。过了好半天,而且当时谢奕已经走了很久了,他才回过头问身旁的小官吏说:"他走了没有?"小官吏回答说:"他已经走了。"然后王述才转过身来,坐回原处。当时的人都赞叹王述虽然性情急躁,可是却能容忍别人。

谗险第三十二

《谗险》是《世说新语》第三十二门，共 4 则。谗险，指为人奸诈阴险，善于进谗言诽谤别人。本门所记载的 4 则故事，主要讲述了佞臣袁悦的生平及下场，王国宝、王绪等或进谗言，或用奸计来陷害他人；同时也记载了面对谗险小人，如何用智谋来保全自己的手段。第一则王平子事与谗险关系不大。本书节选了其中 1 则。

【原文】

王绪数谗殷荆州于王国宝①。殷甚患之，求术于王东亭②。曰："卿但数诣王绪，往辄屏人，因论它事。如此，则二王之好离矣。"③殷从之。国宝见王绪，问曰："比与仲堪屏人何所道？"④绪云："故是常往来，无它所论。"国宝谓绪于己有隐，果情好日疏，谗言以息⑤。

【注释】

①王绪：字仲业，太原晋阳（今山西太原）人，王国宝堂弟。深受会稽王司马道子宠信，曾任琅邪内史。王恭起兵讨伐王国宝时，与王国宝同被司马道子处斩。数：数次，屡次。谗：进谗言，即说诽谤或挑拨离间的话。殷荆州：殷仲堪，官至荆州刺史。

②患:担忧,忧虑。王东亭:王珣,字元琳,曾因功封东亭侯。
③但:仅,只,只要。屏人:指让人回避。离:离散,指疏远。
④比:近来。
⑤果:果然。情好:交情,友情。息:平息,停止。

【译文】

　　王绪屡次在王国宝面前说荆州刺史殷仲堪的坏话。殷仲堪对这事很是担忧,向东亭侯王珣请教对付王绪的办法。王珣说:"你只要多次去拜访王绪,一去就叫手下的人回避,然后却只是谈别的事情;这样,二王的交情就会慢慢疏远了。"殷仲堪按照他所说的去做了。后来王国宝见到王绪,问道:"你近来和殷仲堪在一起,总是让随从们回避开,都在说些什么?"王绪回答说:"只不过是一般往来,没有谈其他的什么事。"王国宝认为王绪对自己有所隐瞒,果然两人的感情日渐疏远了,王绪对殷仲堪进谗言的事才平息下来。

尤悔第三十三

《尤悔》是《世说新语》第三十三门，共17则。尤悔包括两个方面，尤指过失、罪过，悔指悔恨、懊恼。本门所记载内容，多数涉及魏晋时期统治阶级内部政治上的斗争，少数是士族阶层在生活上的事情。本门所记载的内容，大致可以分为三类：首先，记载了当事人的过失或罪过，如第1则、第4则等；其次，记载了当事人的悔恨和懊恼，如第2则、第3则等；再次，记载的内容，既有过失或罪过，又有悔恨或懊恼，如第7则、第15则等。从这些故事中当事人的过失和后悔中，既能看出当事人的个性特征与才智能力，也可以反映出魏晋时期统治阶级内部政治斗争的残酷性。本书节选了其中2则。

【原文】

王大将军起事，丞相兄弟诣阙谢①。周侯深忧诸王，始入，甚有忧色②。丞相呼周侯曰："百口委卿！③"周直过不应。既入，苦相存救。既释，周大说，饮酒④。及出，诸王故在门，周曰："今年杀诸贼奴，当取金印如斗大系肘后。⑤"大将军至石头，问丞相曰："周侯可为三公不？⑥"丞相不答。又问："可为尚书令不？"又不应。因云："如此，唯当杀之耳！"复默然。逮周侯被害，丞相后知周侯救己,叹曰:"我不杀周侯,周侯由我而死,幽冥中负此人!⑦"

【注释】

①王大将军:王敦,字处仲,王导堂兄,曾任大将军。起事:起兵。丞相:指王导,字茂弘,官至丞相。阙:皇宫门前两边的楼台,泛指皇宫、朝廷。谢:谢罪。按:永昌元年(322年),王敦在镇守地武昌起兵反叛,以诛刘隗为名,直下建康;当时王导任司空、录尚书事,每天带着同宗族的人到朝廷待罪;刘隗则劝晋元帝杀王氏。

②周侯:周颉,字伯仁,袭父爵武城侯,世称周侯。入:指入宫。

③百口:一百多人,指全家族。委:托付。按:这句指希望周侯保全其家族。

④释:消除,解决。说:通"悦",高兴。

⑤故:仍旧,还是。贼奴:对贼寇、仇敌的称呼,这里指王敦。

⑥石头:即石头城,故址在今江苏南京的清凉山西麓。三公:古代朝廷中最尊显的三个官职的合称,说法各异,东汉以太尉、司徒、司空为三公。

⑦逮:到,及。幽冥:暗昧,昏庸,糊涂。

【译文】

大将军王敦起兵作乱,王敦的堂弟丞相王导带着他的兄弟们一起到朝廷请罪。武城侯周颉特别担忧王氏一家的安危,刚进宫时,表情很忧虑。王导喊住周颉,说:"我一家一百多口就都拜托你了!"周颉径直从他面前走过去,没有回答。但周颉进宫后,极力营救王导家族。事情解决以后,周颉非常高兴,喝起酒来。等到他出宫时,王氏一家仍然在宫门口等候,周颉故意说:"今年把乱臣贼子消灭了后,应当可以得到一枚斗大的金印,系在胳膊肘上。"王敦攻陷石头城后,问王导说:"周侯可以做三公吗?"王导不回答。又问:"可以做尚书令吗?"王导又不回答。王敦就说:"这样,只有杀了他罢了!"王导还是默不作声。等到周颉被害以后,王导才知道周颛曾经竭力营救过自己,他叹息说:"我不杀周侯,周侯却是因为我而死,我在稀里糊涂中辜负了这个人啊!"

【原文】

王导、温峤俱见明帝①,帝问温前世所以得天下之由。温未答,顷,王曰:"温峤年少未谙,臣为陛下陈之。②"王乃具叙宣王创业之始,诛夷名族,宠树同己③,及文王之末,高贵乡公事④。明帝闻之,覆面著床曰:"若如公言,祚安得长!⑤"

【注释】

①明帝:指晋明帝司马绍。

②顷:少顷,短时间。谙:熟悉,精通。陈:陈述。

③宣王:指司马懿,字仲达,河内温县(今河南温县)人。魏明帝时任大将军。曹芳继位后,他受遗诏辅政,专国政。其孙司马炎代魏称帝,建立晋国,追尊为宣王。诛夷名族:指司马懿为了夺权,发动高平陵政变,把皇族曹爽和曹操之婿何晏等杀掉,并抓捕魏朝诸王公等事。诛夷,杀戮,诛杀。宠树同己:指太尉蒋济追随司马懿发动高平陵政变,被晋封为都乡侯之事。宠树,加恩扶植。

④文王:司马昭,字子上,死后谥文王。高贵乡公事:指曹髦被弑杀事件;曹髦为曹魏第四任皇帝,即位前为高贵乡公,在位期间,司马昭继承哥哥司马师的职位,专国政,自为相国,曹髦想除掉他,却被司马昭知晓,在司马昭心腹贾充的指使下,曹髦被武士成济所弑,年仅20岁。

⑤祚:通"阼",帝位。

【译文】

王导和温峤一起拜见晋明帝司马绍,明帝问温峤自己的前代是怎样得到天下的。温峤还没有回答,过了一会儿,王导说:"温峤年轻,还不熟悉那一段时期的事,请允许臣为陛下陈述说明。"王导就详细叙说了晋宣王司马懿开创基业的时候,诛杀有名望的家族,宠幸并扶植赞成自己的人,以及文王司马昭晚年杀害高贵乡公曹髦的事情。晋明帝听后,把脸遮盖住,趴在坐床上,说:"如果像你说的那样,晋朝的皇位又怎么能够长久呢!"

纰漏第三十四

《纰漏》是《世说新语》第三十四门,共8则。纰漏,指因疏忽而产生的错误疏漏。本门所记载的8则故事,多是晋时皇帝和士族名士在日常生活中,由于言谈举止上的疏忽而造成的纰漏,结果或伤及自己的身体,或为他人所嘲笑,或给他人造成了情感上巨大的伤害。本书节选了其中1则。本书节选了其中1则。

【原文】

殷仲堪父病虚悸,闻床下蚁动,谓是牛斗[①]。孝武不知是殷公,问仲堪:"有一殷,病如此不?[②]"仲堪流涕而起曰:"臣进退唯谷。[③]"

【注释】

①殷仲堪父:殷师,字师子,陈郡长平(今河南西华)人,官至骠骑咨议。虚悸:因虚弱引起的心跳加速、心神不宁的病症。
②孝武:即晋孝武帝司马曜。殷公:指殷仲堪的父亲殷师。
③进退唯谷:即进退维谷,前进和后退均已穷尽而无所适从,形容处境艰难,这里指不知如何应对。

【译文】

殷仲堪的父亲生病了,并且因身体虚弱而心跳加速,心神不宁,听到床下有蚂蚁活动,认为是牛在斗架。晋孝武帝司马曜不知道是殷仲堪的父亲得了这种病,便问殷仲堪:"有一位姓殷的,病情是如此这般的,是吗?"殷仲堪流着泪站起来回答说:"臣不知怎么回答好。"

惑溺第三十五

《惑溺》是《世说新语》第三十五门,共7则。惑溺,指受到诱惑而沉迷于其中。文中共记载了7则魏晋士人与女子的故事,他们或惑溺于美色之中,或惑溺于情爱之中,不能自拔,为时人所讥笑。从文中的描述可以看出,作者对文中故事是持以否定的态度的。但以今人的眼光来看,本门中的有些故事并非惑溺,如荀粲以身体为妻子降温,王安丰夫妻间卿卿我我,韩寿与贾午自由恋爱,文中的男女双方有着真挚深厚的感情,实则是颇为生动感人的爱情故事。本书节选了其中1则。

【原文】

　　王安丰妇,常卿安丰①。安丰曰:"妇人'卿'婿,于礼为不敬,后勿复尔。"妇曰:"亲卿爱卿,是以卿'卿';我不卿'卿',谁当卿'卿'!"②遂恒听之③。

【注释】

　　①王安丰:王戎,字濬冲,因功封安丰县侯,故称王安丰。卿安丰:安丰为卿。按:称对方为"卿"是平辈间表示亲热而不拘礼法的称呼,相当于"你"。

　　②卿卿:称呼你为"卿";第一个"卿"为动词,即称呼为"卿",第二个

卿为名词,意为"你"。按:按礼法,夫妻要相敬如宾,所以称对方为"卿"不合礼法;而王妻认为夫妻相亲相爱,不用讲客套,坚持称对方为"卿"。

③听:任凭,随。

【译文】

安丰侯王戎的妻子常常称王戎为"卿"。王戎说:"妻子称丈夫为'卿',从礼节上来说是不敬重,以后不要再这样称呼我了。"妻子说:"因为亲你爱你,因此称你为'卿';如果我不称你为'卿',那么谁该称你为'卿'!"于是王戎索性任凭她这样称呼。

仇隙第三十六

《仇隙》是《世说新语》第三十六门,共8则。仇隙,指仇怨、嫌隙。本门记载了8则晋时士族统治阶层内部各种结怨的故事,大多结构完整,既有双方结怨的起因,又有解决的方式和最终结果。结怨原因或为个人恩怨,或为争权夺势,或为政见不同。解决方式或为栽赃诬陷,或为暗中加害,或为直面相搏,或为以理辩驳。事情的最终结果多为你死我活;或者因种种原因报仇失败,仇人逃脱。文中的这些内容,反映出了当时社会动荡不安的现状和统治阶层内部存在的尖锐矛盾。本书节选了其中1则。

【原文】

孙秀既恨石崇不与绿珠[1],又憾潘岳昔遇之不以礼[2]。后秀为中书令,岳省内见之,因唤曰:"孙令,忆畴昔周旋不?[3]"秀曰:"中心藏之,何日忘之!"[4]岳于是始知必不免。后收石崇、欧阳坚石,同日收岳[5]。石先送市,亦不相知[6]。潘后至,石谓潘曰:"安仁,卿亦复尔邪?"潘曰:"可谓'白首同所归'。"潘《金谷集》诗云:"投分寄石友,白首同所归。"[7]乃成其谶[8]。

【注释】

①孙秀:字俊忠,因善谄媚,琅邪临沂(今山东临沂)人。为赵王司马伦所宠信,司马伦篡位后,任其为中书令,朝廷要事皆由孙秀决定。后齐王司马冏起兵,司马伦与孙秀被杀。石崇:字季伦,因孙秀索要其宠妾绿珠不果,被诬陷为乱党,遭夷三族。绿珠:石崇的爱妾,善吹笛舞蹈,姿容绝世。孙秀掌权时,曾派人指名向石崇索要,石崇未予。孙秀由此怨恨石崇。后石崇因谋诛司马伦而被捕时,跳楼而死。

②憾:怨恨。潘岳:即潘安,字安仁,和石崇均为"金谷二十四友"之一,孙秀当政后,诬陷他和石崇追随淮南王司马允等作乱,被夷三族。按:据王隐《晋书》记载,潘岳之父潘芘任琅邪太守时,孙秀是其下属小吏,当时潘岳因不齿孙秀为人,多次鞭笞侮辱他。

③中书令:官名,中书省最高长官。省:指中书省,古代皇帝直属的中枢官署之名,是掌管机要、发布皇帝诏书、中央政令的最高机构。畴昔:往昔,从前。周旋:交往,交际应酬。

④"中心"句:引自《诗经·小雅·隰桑》,这里指心中存着这件事,哪一天能忘记。中心,心中。

⑤收:收捕,逮捕。欧阳坚石:欧阳建,字坚石,西晋渤海南皮(今河北南皮)人,石崇之甥。历任山阳令、尚书郎、冯翊太守等职。赵王司马伦专权时,劝淮南王司马允诛杀司马伦,事泄,被杀。

⑥市:东市,指刑场。汉代在长安东市处决判死刑的犯人,后以东市泛指刑场。

⑦《金谷集》:元康六年(296年),石崇在金谷园举行盛宴,邀集苏绍、潘岳等30位名士,以为文酒之会,所作诗歌汇聚成集,即为《金谷集》,石崇为之作序。投分:志同道合,知交。石友:比喻像金石一样坚贞的朋友。"投分"句大意为:寄语志同道合、情比金坚的朋友,白头之后一同归去,同生共死。

⑧谶(chèn):预兆,预言。

【译文】

　　孙秀既怨恨石崇不肯把绿珠送给他,又为潘岳从前对自己的不礼貌行为而心怀怨恨。后来孙秀做了中书令,潘岳在中书省的官署里见到他,就招呼他说:"孙令,还记得我们过去的交往吗?"孙秀引用《诗经》中的诗句回答说:"中心藏之,何日忘之!"潘岳于是知道免不了灾祸了。后来孙秀逮捕了石崇、欧阳坚石,在同一天也逮捕了潘岳。石崇先被押送到刑场,还不知道潘岳被捕的事情。潘岳后来也被押到了刑场,石崇对他说:"安仁,你也落得个和我一样的下场吗?"潘岳说:"咱们可以说是'白首同所归'啊。"潘岳曾在《金谷集》中的诗中写道:"投分寄石友,白首同所归。"没想到这竟真成了他们的谶语。

"崇文国学经典"书目

诗经	古诗十九首 乐府诗选
周易	世说新语
道德经	茶经
左传	资治通鉴
论语	容斋随笔
孟子	了凡四训
大学 中庸	徐霞客游记
庄子	菜根谭
孙子兵法	小窗幽记
吕氏春秋	古文观止
山海经	浮生六记
史记	三字经 百家姓 千字文 弟子规
楚辞	卢伴启蒙 笠翁对韵
黄帝内经	格言联璧
三国志	围炉夜话